HANNA LEE

HANNA LEE

INTENȚII INDECENTE

Timișoara, 2019

Descrierea CIP a Bibliotecii Naţionale a României
HANNA LEE
  Intenţii indecente / Hanna Lee. - Timişoara : Stylished, 2019
  ISBN 978-606-9017-24-1

821.135.1

Editura STYLISHED
Timișoara, Judeţul Timiș
Calea Martirilor 1989, nr. 51/27
Tel.: (+40)727.07.49.48
www.stylishedbooks.ro

INTENȚII INDECENTE

Intro

Bogdan

Mă doare capul îngrozitor. Abia reușesc să deschid ochii, iar asta pentru că soarele îmi bate pe toată fața și astfel realizez că este destul de târziu. Nici nu pot să gândesc. Am gura uscată și un gust de rahat.

Cât dracu' am băut azi-noapte? Și cu toate astea ceva legat de un vis avut acum spre dimineață mă face să am o erecție cât casa.

— Să-mi fut una... înjur printre dinți. Mă ridic în capul oaselor și simt că se învârte casa cu mine.

Mă uit la ceas. E zece. Și atunci îmi dau seama că e și miercuri. Trebuia să fiu deja la birou. Înjur din nou, mult mai nervos și mai tare.

Cu greu mă dau jos din pat și ca un orb reușesc să ajung la baie, să îmi dau cu puțină apă pe față și să scap de ceața de pe ochi. În timpul ăsta, imagini ale zilei de ieri și a faptelor care m-au adus în starea asta, îmi fac sumarul unei zile memorabile.

A fost o zi de marți în toată regula, cu cele trei ceasuri nenorocite. Atât a durat cearta mea cu Diana.

După mai bine de un an de relație, totul s-a terminat în fix trei ore. Ca și când ea avea o întâlnire, iar la ora nouă fix a ieșit din casă după ce-a văzut că nu poate să mă mai prostească cu privire la relația pe care ea o avea de vreo două luni cu unul pe care-l cunoscuse la sală. Clasic. Nu m-aș mira dacă a fugit pentru că trebuia să se întâlnească cu idiotul ăla.

Parcă îmi doresc ca apa pe care o arunc pe față să alunge imaginile astea, însă când mă îndrept de spate, înjur din nou, simțindu-mi capul de-o tonă pe umerii mei obosiți. Cum dracu' să ajung la birou în starea asta?

Mă întorc în dormitor unde îmi verific telefonul și am două apeluri nepreluate și câteva mesaje. Plus multe mailuri. Probabil că cei din firmă își imaginează că sunt la vreo întâlnire. Nu că aș da raportul cuiva de acolo. Cifrele mele spun tot ce este nevoie și din fericire nu am dezamăgit pe nimeni până acum și nici nu o voi face, așa că această întârziere va trece mai mult ca sigur neobservată.

Mă bag direct sub duș, după ce îmi analizez din nou, în oglindă, fața căzută. Trec cu mâna peste barba deja crescută și simt nevoia să o las așa. Dianei îi displăcea să mă vadă chiar și cu puțină barbă, așa că am de gând să încerc să o las să crească puțin. Dușul reușește să îmi relaxeze încet, încet mușchii și să îmi calmeze durerea de cap, însă apa caldă îmi amintise de o frântură din vis. Nu am decât o imagine, pe un birou mi-o trag cu o femeie ca un animal. Ea e caldă și umedă. Pofta din vis o resimt imediat și instant sunt cu erecția în vânt din nou.

— Băga-mi-aș... spun printre dinți, deja nervos pe corpul meu care azi nu se comportă deloc cum trebuie.

Dau pe apă rece și sper ca starea asta să treacă mai repede, că nu am niciun chef de masturbare în dimineața asta.

Mă îmbrac în blugii negri și îmi iau o helancă de aceeași culoare, să se asorteze cu starea mea interioară.

Mi-a trebuit relație... Cine dracu' are nevoie de așa ceva? Am tot ce îmi doresc. Și uitându-mă în oglindă, prost aș fi să mă subestimez. Sunt înalt, cu un corp perfect, că d-aia mă și duc la sală de cel puțin o dată pe săptămână, însă sunt prost că nu mi-am tras-o și eu pe acolo cu una, două. Măcar așa nu m-aș fi simțit atât de trădat că mi s-a întâmplat să fiu eu cel înșelat în singura relație în care chiar crezusem. Sau poate mă oftic că nu am înșelat-o eu pe ea înainte să mi-o facă ea. Poate că dacă o făceam, acum m-aș fi simțit mai bine.

Ok, nu locuiam împreună oficial, dar rămânea destul de des la mine, nu făcusem planuri de nuntă, însă eu credeam că treaba între noi mergea destul de bine și că acești pași erau inevitabili într-un timp apropiat. Însă nu. Se pare că prostul a petrecut prea mult timp la birou, ca să facă miile de euro pe lună și să cumpere cadouri frumoase la femeie, iar orele suplimentare petrecute în birou până noaptea târziu au răcit sentimentele domniței, chiar dacă idiotul se revanșa din când în când cu câte o fugă de câteva zile pe la Milano sau Paris, unde îi făcea toate poftele, sau concedii prin mai-știu-eu ce insulă exotică.

Apuc un pantof și arunc cu el cât pot de departe. Aterizează undeva în capătul sufrageriei murdărind peretele. Mă uit la pata aia și exact la fel simt că a fost prezența Dianei în tot acest timp. O pată murdară în viața mea perfectă și liniștită, așa cum este și apartamentul meu.

După ce urc în mașină o apelez pe menajeră și o rog să vină azi pe la apartament și să strângă toate lucrurile Dianei pe care le găsește prin casă.

— Tot ce găsești de-al ei, te rog să le lași afară la ușă. Înainte să pleci, o suni să vină să le ia sau o să le ia cine o să treacă pe-acolo.

Tonul îmi e rece, dar cunoscându-mă un pic în cei trei ani de când vine la apartament, își dă seama că treaba nu e de comentat și nu pune întrebări. Îmi confirmă că așa o să facă, cu o voce timidă și mă gândesc dacă cumva am speriat-o. Dar nu mă interesează ce crede ea despre mine. Dacă ar fi comentat, probabil că în secunda următoare ar fi urmat și ea calea celeilalte femei din viața mea: ușa.

După ce termin conversația cu ea, trag adânc aer în piept, oftând. „Pata Diana" o să dispară de tot. Încet și sigur. Dar ce facem cu restul petelor? Că lumea asta e plină de ele? Toate sunt la fel. De data asta m-am convins. Dacă nu te înșeală, îți dai seama că te vor pentru bani sau că ascund cine știe ce secret care te face să te cutremuri când îl auzi. Sau mai rău, au câte un obicei din ăla de îți vine să fugi ca dracu' de tămâie, cum am pățit cu una care avea o problemă cu epilatul. Peste tot! Acum îmi vine să râd amintindu-mi de ea, cum sigur o să mi se întâmple și cu Diana într-o zi.

Și totuși... cât de prost am fost! Luni de zile am fost mințit în față și, orbit de încredere, nu mi-am imaginat o secundă că ea și-o trăgea cu altul! Dacă mă prindeam de la început ce e cu mesajele și cu telefoanele alea dubioase pe care ea le punea în cârca unei prietene care, cică, suferă după o despărțire, lucrurile ar fi stat altfel. Aș fi avut timp să mă răzbun pe ea și să o lecuiesc să mai facă așa ceva altui om, altui bărbat, care nu a făcut decât să aibă încredere în ea și să facă tot ce poate el să îi ofere ce își putea dori și orice i-ar fi cerut. Sunt sigur că mai sunt și alți proști ca mine. Nu i-am refuzat nimic și nu am știut că ea își dorea altceva, pentru că niciodată nu mi-a spus asta. A făcut totul pe ascuns și dacă aș fi fost mai atent, poate că mi-aș fi dat seama de minciunile ei. Și astfel aș fi avut timp să o fac să sufere măcar pe jumătate din cât sufăr eu acum și fapta probabil mi-ar fi adus măcar puțină satisfacție.

O nevoie colosală de a o pedepsi crește în mine și mai mult, cu fiecare clipă care trece.

Parchez în fața sediului, pe locul meu și închid ușa, trântind-o. Încep prin a pedepsi mașina și nu vreau să mă gândesc cum o să decurgă ziua asta.

— Cineva nu are o zi prea bună, aud o voce cristalină și ușor ironică în spatele meu.

Recunosc vocea asta. Este ca o palmă a realității crude pe care o întruchipează. E una dintre vocile pe care mi le-am imaginat de câteva ori gemând și strigându-mi numele în timp ce mă masturbam.

Mă întorc încet spre ea. E îmbrăcată într-o rochie gri, mulată pe corpul ei perfect, decentă, dar indecentă pentru mintea mea rătăcită în acest moment, în special când îi zăresc și pantofii cu toc cui care îi evidențiază picioarele subțiri și lungi. De ce am impresia că pe ea am visat-o azi noapte?

Mijesc ochii în spatele ochelarilor de soare și o analizez, încercând să îmi dau seama dacă este aceeași din visul meu erotic.

Paltonul și-l poartă pe umeri. Când își scoate de sub guler o șuviță maro din părul lung și ușor ondulat spre vârfuri, îmi dau seama că șuvița asta am visat-o azi noapte. Și uite cum erecția mea reapare.

Povestea mea cu Alexandra este una simplă. Ea este șefa departamentului de vânzări, eu conduc departamentul de marketing. Lucrăm împreună de aproape doi ani într-o firmă care este un cunoscut magazin online de fashion. Firma este destul de mare și noi doi cam ținem totul pe picioare și o facem al dracului de bine. Este cam de aceeași vârstă cu mine, ba poate ea cu un an mai mare, însă nu asta m-a împiedicat să mă dau la femeia asta extrem de sexy și apetisantă, ci faptul că este măritată.

Era când am cunoscut-o și, din păcate, încă este. Am avut momente când am flirtat unul cu celălalt, ușoare zâmbete și priviri, însă nimic concret. Cred că cel mai apropiați am fost la petrecerea de Crăciun de anul trecut, când, sub influența alcoolului, pot spune că am fost la un pas să ne sărutăm, însă m-a respins ușor și nici măcar asta nu am făcut. Apoi ne-am purtat ca și când nimic nu se întâmplase, însă mereu am simțit o atracție între noi pe care eu unul am ignorat-o cât am putut de mult, fiind conștient de relația ei, cât și de a mea.

Dar oare o să ignor și azi?

— Se vede? răspund zâmbind în colțul gurii, șmecherește.

Face ochii mici o clipă și apoi, venind spre mine, îmi aranjează gulerul la helancă.

— Ăștia cred că ai fost la un client, însă ținuta nu prea îți susține povestea.

Mă cunoaște destul de bine, se pare, cât să își dea seama că am avut o noapte grea. Apropierea ei aduce mai aproape și mirosul ei. Hermes. Îmi mângâie ușor nările și îmi ajunge în creier, apoi coboară brusc tot în pantaloni. La dracu'...

Corpul meu e vraiște și amintindu-mi cât am băut singur, ca un prost, mă enervez și mai tare.

— Închide-te în birou o oră și bagă o cafea tare înainte de ședința de la ora douăsprezece.

Nu-mi zâmbește și are un ton serios ceea ce o face și mai provocatoare. Pornește spre clădire și profit de ocazie să îi las un avans de câțiva pași și să îi admir, din spate, mersul elegant. Al dracu' palton... Acoperă fundul pe care vreau să îl văd prin rochia asta mulată pe trupul subțire, cu forme apetisante.

Atracția. Este.

Pentru că este tot femeie. Ca și Diana, care era într-o relație destul de serioasă cu mine, când s-a decis să mă înșele. Mă întreb dacă și Alexandra este la fel. Este o femeie superbă și în timp ce o urmez, simt că sunt un vânător pregătit să-și atace prada. Dacă Alexandra este la fel de slabă ca și Diana, atunci va merita să fie pedepsită. Crunt. Știu că sufăr și în momentul ăsta vreau să mă eliberez făcând pe altcineva să sufere și mai mult. Diana trebuie să sufere, însă ea mi-a scăpat printre degete. Dar în fața mea e Alexandra.

Urcă în lift și, întorcându-se spre mine, îmi face loc să urc și eu. Dar mă opresc în loc o clipă.

Dacă fac pasul acesta, iar ea se dovedește că este la fel ca Diana, nimic nu o să mă mai oprească până când o să văd lacrimi în ochii ei și poate atunci o să mă simt răzbunat. Nu mă interesează dacă o să distrug o căsnicie, pentru că prefer să mă gândesc că salvez un bărbat de la o viață alături de o femeie care l-ar înșela și l-ar trăda cu ușurință.

Dar dacă nu urc, o să rămân mereu cu această nevoie și frustrare care o să mă macine ca rugina, încet și sigur.

Îmi scot mâinile din buzunarele pantalonului și trag aer în piept. Fac un pas în față și mă opresc din nou.

Capitolul 1

Alexandra

Stau în mașină și îmi las capul pe tetieră și număr până la treizeci și înapoi. Tehnici inutile, care niciodată nu au efect, însă acum încerc tot ce pot, tot ce mai știu. Poate așa voi reuși să îmi liniștesc corpul și să scap de tremurat. Mă așteptam ca tot procesul și întâlnirile astea să îmi dea o stare de neliniște, însă de la asta la stări de greață este, se pare, e un pas foarte mic. Respir adânc, inspir, expir, și tot așa. Când simt că m-am mai liniștit puțin, mă uit în oglindă să fiu sigură că machiajul și părul meu îmi sunt perfecte. Nimeni nu trebuie să știe, cum nimeni nu a știut nici în ultimii doi ani. Este secretul meu și atât.

Aici sunt la birou și trebuie să îmi fac treaba la fel de bine ca și până acum, așa că mă voi mobiliza. Trag aer în piept și cobor din mașină. Însă la câțiva metri de mine aud o lovitură care îmi atrage atenția și-l văd pe Bogdan, colegul meu de la marketing, lângă mașina lui. Autoturismul pare să nu fie lovit, ceea ce mă face să îmi dau seama că zgomotul a fost de la o ușă trântită cu putere, cel mai probabil. Stă cu mâinile în șolduri și ceva îmi pare că nu e în ordine cu el.

Mă apropii și simt aceeași energie ciudată, ca de fiecare dată când sunt în preajma lui. E ceva nerostit între mine și bărbatul ăsta, cu un cap mai înalt decât mine și cu umerii lați, corpul specific actorilor americani pe care îi vezi în top, cei mai sexy bărbați de la Hollywood. Însă azi observ că este supărat și, ca întotdeauna, prietenia dintre noi, ca și colegi, este cea care ne apropie, așa că las alte prostii la o parte și mă concentrez pe el care se vede că nu și-a început ziua așa cum trebuie.

— Cineva nu are o zi prea bună, îi zic.

O clipă stă nemișcat, apoi se întoarce spre mine schițând, în colțul gurii, acel zâmbet sexy care îi face o gropiță în obraz. Răspunde la fel de ironic.

— Se vede?

La dracu' cu gropița lui...

Fac pariu că am o zi mai proastă decât a lui, dar totuși sunt dispusă să îl salvez. Mă apropii și îi aranjez gulerul de la helancă, care se vede că a îmbrăcat-o în grabă, ceea ce nu îi stă în caracter. De obicei e foarte atent la astfel de detalii. Și ce e cu barba asta?

— Ăștia cred că ai fost la un client, însă ținuta nu prea îți susține povestea, îi zic, ca să îmi explic gestul. Închide-te în birou o oră și bagă o cafea tare înainte de ședința de la ora douăsprezece.

Eu știu sigur că așa o să fac. Am nevoie de puțin timp să mă liniștesc și apoi să mă pot concentra pe ce am de făcut la birou.

Mai rămân o clipă cu privirea asupra lui și apoi pornesc spre clădire, pentru că dacă îi mai privesc chipul rebel, mintea mea o să o ia razna.

Știu că este într-o relație serioasă, iar o fantezie cu el este ultimul lucru de care am nevoie. Chiar ultimul.

Intru în lift, știind că el mă urmează, însă când mă întorc, îl văd în fața liftului, oprit. Are o privire ciudată. Pătrunzătoare. Serioasă. Face un pas și se oprește.

Apoi închide ochii și când îi deschide mă privește fix și vine glonț spre mine. Se oprește la un pas în fața mea, iar eu mă simt blocată, pierdută în privirea lui animalică, în timp ce simt că ceva se petrece, dar nu știu ce și astfel nu pot să reacționez. Ușile liftului se închid și în clipa aceea distanța dintre noi se reduce instant, în timp ce el îmi ia fața în mâinile lui calde și mă sărută. Încet, senzual, dar curajos. Limba lui pătrunde imediat printre buzele mele, iar eu simt că în clipa asta nu am un strop de putere să îi opun rezistență. Sau motiv să fac asta. Îl las și îi răspund imediat cu aceeași plăcere, limba mea întâmpinând-o pe a lui și lăsându-l să mă guste. Nu știu ce se întâmplă cu mine, cu noi, ce se întâmplă în liftul ăsta, dar mă las în voia sorții.

Nu mai am nimic de pierdut. Sunt o femeie care trece printr-un divorț urât și care speră ca după cele cinci luni de procese și discuții să se încheie totul cât mai repede. Iar sărutul ăsta îmi pare o gură de aer venită din cer să mă scoată din starea depresivă pe care o am.

Continuăm să ne sărutăm până când liftul anunță etajul la care urmează să coborâm. Totul a durat câteva clipe, dar pare că a fost o veșnicie.

Își desprinde cu greu buzele de ale mele și când mă privește, pe chipul lui este un amalgam de microexpresii. Respiră apăsat și încă are buzele întredeschise și știu că lui i-a plăcut, însă totodată văd o furie în ochii care mă fixează și care mă fac să fiu confuză.

— Eram sigur... șuieră printre dinți și face un pas în spate.

Când ușile se deschid, se întoarce pe călcâie și îmi face loc să ies.

Îl privesc șocată și vreau să spun ceva, însă cuvintele mi se blochează în gât. El privește în față și simt că trebuie să ies din spațiul ăsta mic. Nu știu cum reușesc să îmi fac picioarele moi să se miște mecanic și să îmi susțină corpul care pare să cântărească acum peste o tonă. Inima îmi bate cu putere și trec pe lângă el, uitându-mă țintă spre ușa care dă în recepție. Trec glonț pe lângă toată lumea, conștientă că buzele mele sunt roșii și umflate și probabil toată fața mea e înroșită și rușinată. În spatele meu încă simt prezența lui Bogdan ca și când îmi suflă în ceafă. Închid după mine ușa biroului, dorind să scap de senzația asta și îmi las încet geanta pe fotoliul din fața mesei de lucru. Biroul meu, ca și al lui, are un perete întreg din sticlă transparentă, dar care poate fi închis foarte ușor cu un buton care lasă în jos niște jaluzele tip roletă. Așa că iau măsuri pentru că simt nevoia să mă închid puțin în spațiul meu și să îmi dau seama ce s-a întâmplat.

De ce a făcut asta? De ce acum? Ce e în mintea lui? De ce m-a sărutat cu atâta pasiune? A fost ca și când a dat tot ce a putut să fie cel mai memorabil sărut pentru mine, atât de dulce și totuși cu o ușoară aromă de alcool. A fost amețitor. Încă e. Întrebările se rotesc în capul meu și nu reușesc să le pun măcar în ordine.

Îmi ating cu degetele buzele încă umflate și îmi dau seama că zâmbesc. Mi-a plăcut. Mult. Of, Doamne, ce se întâmplă?

Un ciocănit în ușă mă trezește din visare și imediat mă îndrept de spate și iau o poziție cât mai serioasă.

— Ți-am adus cafeaua, îmi spune secretara cu părul albastru și cu un zâmbet mare pe chip.

Nu-mi amintesc dacă am salutat-o, dar îi mulțumesc pentru gestul pe care îl face aproape în fiecare dimineață, știind cum îmi place acest elixir menit să mă trezească. Este plăcerea ei să mi-o aducă, chiar dacă i-am spus că nu face parte din obligațiile ei.

— Ești o dulce ca întotdeauna.

— Eram mai liberă și am văzut că nu prea ești în apele tale. M-am gândit eu că iar ai avut de-a face cu un client-problemă.

— Pff... și încă cum, exclam încet, eu știind mai bine decât oricine ce dimineață am avut și... încă am.

Imediat, în spatele ei, intră și Miruna, una dintre colegele din echipa de vânzări.

— Bună! Ai câteva minute libere? Vreau să verific ceva cu tine înainte de ședința de la ora doișpe.

Ridic din sprâncene.

— Ședința îi vizează pe cei de la Marketing, nu pe noi.

— Știu, dar mi-ai zis să văd care au fost reacțiile clienților față de campaniile precedente.

— Mda, era mai mult o curiozitate de-a mea, care a fost feedback-ul direct al clienților.

Sincer aș fi preferat să nu am acum această discuție. Mi-aș fi dorit să mai am puțin timp să îmi limpezesc gândurile, mai ales legate de ceea ce s-a întâmplat cu câteva minute înainte.

Dar așa sunt zilele aici, pline de activitate și de agitație. O agitație care îmi place la nebunie.

Echipa mea este grozavă și toți sunt pasionați de ceea ce fac, iar asta ne face pe toți să avem un mediu relaxat și plăcut, chiar și în zilele mai pline. Îmi gust cafeaua și realizez că micuța secretară a dispărut deja. Îi fac semn Mirunei să se așeze și așa începe ziua.

Ora trece repede și intru în sala de ședințe cu emoții. Și nu din cauza prezentărilor, ci din cauza lui Bogdan pe care am evitat să îl văd sau să îi vorbesc în acest timp.

El este deja în încăpere, tolănit pe un scaun și pare extrem de relaxat, însă foarte serios. Când mă simte, își ridică încet privirea, și-o fixează pe mine și este la fel de animalică ca în clipa când a intrat în lift. Stomacul mi se strânge ca un ghem, dar nu schițez nimic și mă așez pe scaunul din fața lui, unde stau de obicei. El continuă să mă urmărească din priviri, în timp ce eu încerc să mă fac că nu observ acest lucru.

Prima prezentare o face un coleg din echipa lui, care vorbește despre ultimele ajustări la campania de Black Friday, urmând ca altul să vorbească despre cea de Crăciun. Este începutul lui noiembrie și acum începe adevărata perioadă aglomerată pentru noi. Toți clienții care își expun produsele pe site-ul nostru se așteaptă ca rezultatele campaniilor noastre să le mărească considerabil cifra de afaceri în această perioadă, așa că aceste campanii sunt foarte importante.

Îndată ce acesta începe să vorbească, telefonul meu vibrează, anunțându-mă că am un mesaj. Când văd că destinatarul este chiar persoana care stă în fața mea, stomacul mi se strânge din nou și inima îmi bate mai repede.

„Termini târziu azi?" Mă uit la el și pare concentrat pe prezentarea colegului, ca și când nici nu a aruncat în aer o întrebare menită să mă agite și mai tare. „Foarte posibil", răspund, știind că în perioada asta orele peste program devin o obișnuință. Asta pe lângă faptul că este ora prânzului și nu am făcut nimic până acum, iar ședința asta o să îmi răpească încă o oră cel puțin. „Ok. După ce pleacă lumea și se mai liniștește pe aici, vreau să vorbim."

Şi el are multe zile în care a stat până târziu, însă nu ştiu dacă e dispus să stea la fel de mult ca şi mine. Cel puţin în ultimele luni, de când am avut un dezgust major să mă întorc într-o casă pustie, am preferat să plec ultima, de multe ori chiar şi după ce pleca el. Eram cea care închidea birou, cum s-ar spune. Însă mesajul lui pare foarte hotărât, aproape poruncitor şi, sincer, aş vrea să văd ce are de spus chiar mai devreme şi să nu fiu nevoită să aştept până la lăsarea nopţii. Dar nu vreau să par disperată şi răspund scurt: „Ok."

Pe o parte sunt uşurată să ştiu că lucrurile sunt îngheţate până pe seară şi astfel nu o să mai stau încordată că în orice clipă poate să intre în birou şi să fiu pusă din nou într-o situaţie stânjenitoare. Pentru că aşa mă simt. Ruşinată că l-am lăsat să mă sărute.

În scurt timp, după şedinţă, mă afund atât de tare în muncă şi în telefoane, că nu realizez când trece timpul. Îl văd cu coada ochiului de câteva ori ieşind din birou, la colegii lui, sau într-o întâlnire, însă nu ne intersectăm deloc şi asta mă ajută să îmi văd de treabă. Observ doar momentul când afară e deja întuneric şi prin biroul open space mai sunt doar câteva persoane, care şi acestea par că se pregătesc să plece. Mă uit la ceas şi este aproape şapte. La Bogdan, roletele i-au acoperit geamurile toată ziua. Am emoţii şi nu ştiu cum aş putea să abordez situaţia, deci mai amân un pic. Miruna se pregăteşte să strângă, aşa că scot capul pe ușă o clipă și o rog ca înainte să plece să îmi trimită pe mail o ofertă pe care vreau să o verific înainte de a o trimite la client. Se conformează rapid și apoi mă focusez pe treabă. Mă salută când pleacă și îi fac cu mâna.

După câteva minute telefonul meu vibrează și am un nou mesaj. „Când te eliberezi puțin, poți să vii până la mine?"

Mă opresc din ce fac pentru că mintea mi se blochează. Ceva din mine vrea ca discuția pe care o vom avea să fie legată strict de campaniile prezentate și nu despre sărutul din lift. Parcă și văd cum o să decurgă discuția, cum el o să își ceară scuze, cum o să mă facă să mă simt prost că i-am răspuns la sărut, apoi o să îmi amintească de relația lui serioasă și o să încerce să mă convingă că a fost un impuls care nu o să se mai repete și pe care el o să vrea să îl uite și să trecem peste el ca și când nu s-a întâmplat. Toate astea nu vor face decât să îmi dea o stare și mai proastă și deja îmi e rușine de mine și de cum o să mă simt când o să ies după aceea din biroul lui, revenind la viața mea goală. Aș prefera să evit toată discuția asta. Dacă ar fi după mine, aș șterge totul cu buretele, într-o secundă, dar știu că el o să vrea să se explice și să discute. E genul căruia îi place să vorbească și să se asigure că totul este în regulă, însă eu sunt opusul. Eu tac, înghit și, când paharul se umple, mă întorc cu spatele, fără prea multe explicații și plec mai departe. Am tăcut și-am înghițit, sperând că o să salvez o căsnicie eșuată, iar într-o zi am pus punct. Și acum tac fără să spun ceva legat de toate astea și încerc să îmi văd de viață în continuare, fără să mă justific nimănui. Așa că nu știu dacă va trebui să dau explicații, dar va trebui să le ascult și asta îmi displace în aceeași măsură.

Vreau să mai trag de timp, însă nu pot deloc să mă concentrez, așa că ies din birou și, cu pași hotărâți, mă îndrept spre al lui. Tot etajul este gol, deci nu-mi fac griji că cineva va asculta discuția noastră.

Bat la ușă și, după ce am aprobarea lui, intru cu capul sus și foarte relaxată. La suprafață. De fapt, inima îmi bate cu putere și sper ca el să nu-mi observe emoția.

El stă pe scaun, lăsat ușor pe spate, ca și când mă aștepta.

— Ce faci? mă întreabă cu o voce joasă.

— Am pierdut mult timp azi și am rămas puțin în urmă cu niște oferte. Dar recuperez eu.

Am închis ușa după mine, însă rămân în picioare, la o distanță rezonabilă de biroul lui. Din fericire, vocea mea este una normală și nu mă dau de gol.

Are aceeași privire sălbatică și fixă, un mixt de poftă și furie și nu înțeleg ce se întâmplă cu el. Se ridică în picioare și ocolește încet biroul venind spre mine.

Vreau să îl întreb despre sărutul de mai devreme, însă ceva mă oprește. Prefer să îl las pe el să deschidă subiectul.

— Mi-au plăcut propunerile voastre pentru campanii. Mâine o să pot să le analizez mai bine și apoi o să stabilim pașii următori.

El nu zice nimic și continuă să se apropie.

— Nu mă interesează campaniile, răspunde când este aproape de mine. Mă interesează cum ești tu.

Postura lui impunătoare și încrederea pe care o afișează acum, mă fac să mă simt intimidată și fără să îmi dau seama, fac un pas înapoi, însă în spatele meu e peretele. El nu se oprește și mai face un pas, fiind cu fața la câțiva centimetri de a mea.

— Sunt... confuză, reușesc să mărturisesc, privindu-l în ochii pe care îi face mici. Ce se întâmplă cu tine?

Ridică mâna spre fața mea și cu degetele lungi îmi atinge ușor obrazul. Atingerea lui îmi transmite fiori în tot corpul.

— Nu pot să mă gândesc la nimic altceva după sărutul din lift, îmi șoptește în timp ce respirația lui este ca o atingere și mai caldă decât mâna lui fină.

Totul e diferit față de cum mi-am imaginat și astfel corpul mi-l simt din nou paralizat și dacă în mod normal l-aș fi împins și aș fi spus o glumă menită să îl trezească, în clipa asta nu pot să reacționez, decât să îl las să văd ce va urma. Și simt că îmi doresc să urmeze ceva.

— Buzele tale moi, la care am visat atâta timp, m-au amețit azi. Limba ta jucăușă când a întâmpinat-o pe a mea nu a făcut decât să mă trezească și să mă facă să îmi doresc să gust mai mult din tine.

Continuă să vorbească, în timp ce buzele lui trec ușor peste fața mea, iar corpul lui mă face încet prizoniera brațelor rezemate de perete de-o parte și de alta a umerilor mei. Își trece o mână prin părul meu, răsucind o șuviță pe deget.

— Îmi doresc să mă pierd în aroma părului tău, Alexandra, îmi șoptește în ureche în timp ce cu limba trasează o linie scurtă pe claviculă pe care o închide cu o atingere umedă a buzelor lui.

Simt că tot corpul îmi ia foc și cu ochii închiși îmi rezem capul de perete. Nu-mi amintesc ca vreodată cineva să îmi vorbească așa. Atât de sincer. Iar efectul să fie atât de puternic. Cu buzele întredeschise, respirația mi se accelerează și când deschid ochii văd privirea lui, plină de poftă, ațintită asupra mea. Mă las purtată de val și când buzele i se întind spre ale mele, le primesc fără ezitare. Urmează un sărut mult mai pasional decât cel din lift și îmi cuprinde ceafa în căușul mâinii, imobilizându-mi fața și făcându-mă prizoniera lui. Este o poftă și o pasiune năucitoare, acumulată de-a lungul timpului, în urma unei atracții ascunse. Limba lui pătrunde curajoasă și jucăușă printre buzele mele, împletindu-se cu a mea și făcându-mă să mă simt tot mai umedă. Mă împinge cu pelvisul ca și când vrea să fiu conștientă de erecția lui, moment în care îmi ridic mâinile, petrecându-mi-le pe după gâtul lui. Îmi trec degetele prin părul lui scurt, bucurându-mă de senzația fină pe care o simt. El mă trage mai aproape cu brațele și, dezlipindu-și buzele de ale mele, începe să coboare cu sărutările pe gât, gustându-mi pielea și mușcându-mă ușor. Rochia are un mic V ca decolteu, însă drumul spre pieptul meu și-l face cu mâna, care îmi cuprinde sânul peste materialul rochiei mulate.

Nu mai este cale de întoarcere. Pășesc cu curaj și cu poftă spre acest episod plin de dorință, nepăsându-mi de clipa ce va urma. Cealaltă mână îmi coboară încet pe spate și trage de fermoarul rochiei, eliberându-mă de strâmtoarea ei. V-ul decolteului se lărgește și îi eliberează calea spre sânii mei, umflați de dorință. Îmi trage rochia peste umăr și imediat înlătură dantela sutienului, dezvăluindu-mi sânul pe care buzele lui îl găsesc și-l sărută, trăgându-mi ușor sfârcul cu dinții, sugându-l și lingându-l din nou. Geme și mă face să trag adânc aer în piept printre buzele întredeschise. Cealaltă mână coboară pe curbura fundului, pe care îl strânge ușor.

Mă simt tot mai goală în fața lui și îl vreau cât mai repede eliberat de hainele de pe el. Îl vreau gol și vulnerabil, la fel cum sunt și eu. Trag de helanca neagră și într-o secundă mă ajută, rămânând astfel într-un tricou negru, descoperindu-și tatuajul mare de pe antebrațul stâng. Buzele lui le găsesc din nou pe ale mele și lipindu-mă din nou de perete îi simt o mână cum îmi ridică încet partea de jos a rochiei, până peste fund. Pe drum, descoperă dantela dresului și atunci geme din nou, într-un mod amenințător de provocator.

— Oh, Doamne, Alex... șoptește printre buzele noastre și apoi mă sărută cu mai multă poftă.

Este prima dată când îmi spune numele scurtat și senzația îmi dă fiori. Atingerea lui e ca focul pe pielea mea și îl trag ușor de păr, făcându-l să își ridice buzele și mai mult spre întâmpinarea mea. Îl sărut cu poftă și simt cum mâna lui urcă pe coapsa mea, până ajunge la dantela chilotului meu. Îmi freacă ușor vulva și când își strecoară fără reținere degetele pe sub bucata de material, îl mușc ușor de buză, gemând în gura lui. E ca un îndemn să meargă mai departe și să exploreze mai mult. Îmi șoptește „Mă înnebunești, cât ești de udă!" și își pătrunde degetul mijlociu în mine, scoțându-l și băgându-l din nou, frecându-mă cu podul palmei, totul într-un ritm care mă face să simt că pot să explodez în orice clipă.

Gem de plăcere și vreau să îl simt cât e de tare, așa că îi găsesc șlițul de la blugi pe care îl desfac imediat și descopăr că nu poartă lenjerie. Gem gândindu-mă că așa a fost toată ziua, chiar și în lift și îl cuprind cu mâna. Îl mângâi și îl frec ușor, în timp ce el își continuă jocul cu degetele care mă umezesc tot mai tare. Gemem amândoi și totul începe să fie mai intens și mai plin de dorință. Se desprinde din sărutarea mea și mă privește în ochi, însă nu să îmi ceară aprobarea să continue, ci să îmi arate că el nu mai poate da înapoi. Privirea lui mă fixează, în timp ce și al doilea deget intră în mine, făcându-mă să respir adânc printre buzele întredeschise. Este un joc al privirilor, plin de erotism, iar eu nu mă las mai prejos trecându-mi un deget peste capul umed al penisului lui, continuând să îl strâng între degete şi să îl frec. Respiraţia lui este precipitată şi, fixându-mi privirea cu aceeaşi poftă, îmi ridică fusta de tot peste fund şi mă ridică pe şoldurile lui, mă aşază pe biroul pe care îl eliberează într-o secundă aruncând pe jos tot ce era pe acolo. Stau cu fundul pe margine şi cu braţele petrecute după gâtul lui şi-l sărut din nou. Îşi freacă capul umed de chilotul meu pe care îl dă într-o parte şi apoi se freacă direct de vulva mea umedă. Se joacă, băgându-l puţin şi apoi îl scoate şi repetă din nou mişcarea care mă face să îl vreau şi mai mult, şi mai repede. Gem şi îmi adâncesc degetele în spatele lui şi dintr-o mişcare este tot în mine. Se împinge cu putere şi îl simt tot mai adânc, făcându-mă să scot un geamăt scurt şi zgomotos.

— Nu te abţine, Alex, îmi spune cu vocea răguşită, nu mai e nimeni pe aici. Vreau să aud că îţi place!

— Oh, da!

Cuvintele rostite printre buzele înroşite de barba lui nerasă sunt ca un imbold de plăcere. Îmi place la nebunie să îl simt în mine. Mă lasă pe spate peste biroul acela şi îmi ridică genunchii, trecându-şi braţele pe sub ei. Intră în mine din nou cu putere şi continuă să-şi mişte şoldurile cu fermitate. Trece cu unghiile peste dantela jartierei și iese din mine, lăsându-mă cu respirația întretăiată și se apleacă asupra mea, sărutându-mi interiorul coapsei, îndepărtând ușor dantela cu limba. Mă mușcă, făcându-mă să îmi simt tot corpul pe marginea prăpastiei și se ridică, penetrându-mă din nou cu putere, mișcându-se tot mai repede și cu mai multă fermitate, făcându-mă să simt cum corpul îmi este cuprins de valuri de căldură.

— Dă-ți drumul, iubito, îmi spune în clipa în care explodez de plăcere, arcuindu-mi spatele și eliberând un geamăt de plăcere.

El se apleacă peste mine și, ridicându-mă cât să îi pot întâmpina buzele, continuă să mă penetreze cu același ritm năucitor, care îmi face din nou corpul să ardă și să mă conducă din nou pe culmile plăcerii. Degetele lui îmi strâng carnea, trăgând în același timp de dantelă și când simt că explodez din nou în jurul lui, gem puternic printre dinți: „Oh, Doamne!", nevenindu-mi să cred că pot să am parte de atâta plăcere.

El geme la auzul cuvintelor mele pline de plăcere și amândoi culminăm printr-un șuierat de interjecții năucitoare, exprimate datorită plăcerii care explodează în jurul nostru în același timp. Iese din mine în ultima clipă și își dă drumul pe piciorul meu, peste dantela dresului. Apoi mă ridică cât să îi vin în întâmpinare și mă sărută cu o poftă nebună, cuprinzându-mi chipul cu mâinile până ce aproape mă lasă fără răsuflare. Când inimile noastre par să-și liniștească bătăile, își lipeşte fruntea de fruntea mea şi stăm aşa cu ochii închişi câteva secunde. Se desprinde de mine şi se apleacă după cutia de şerveţele de pe jos şi cu grijă mă curată pe picior. Îşi ridică şliţul şi îmi lasă spaţiu să mă ridic de pe birou şi să mă adun.

Îmi simt picioarele mai lipsite de vlagă ca niciodată. Închid fermoarul cât pot de mult şi trec o mână peste rochie, să fiu sigură că s-a aşezat cum trebuie şi apoi prin păr, încercând să îl rearanjez.

El este cu spatele la mine, trecându-şi o mână prin păr. Îl simt agitat şi tot ce pot să gândesc este că el regretă, ceea ce mă face să simt că primesc o lovitură mult prea dură.

Închid ochii cât să pot să înjur în gând. Este momentul în care îmi dau seama ce-am făcut şi simt cum puterea îmi părăseşte tot corpul. Mă rezem de birou pentru a-mi recăpăta echilibrul şi trag aer în piept ca şi când viaţa mea depinde de acea gură de aer pe care o eliberez în cea mai mare linişte, chiar dacă în clipa asta aş vrea să ţip cât pot de tare. Strâng din pumni până când simt cum unghiile îmi intră în palme şi reuşesc să găsesc forţă să stau dreaptă. Eu ştiu că relaţia mea este terminată, însă el este încă împreună cu o femeie de care ştiu că este îndrăgostit. Am fost mai egoistă ca niciodată, aşa că trebuie să fiu cea care vorbeşte prima.

— Suntem doi oameni maturi, care au cedat tentaţiei, dar sunt sigură că ne putem continua relaţia de colegialitate ca şi când seara asta nu a existat.

Se întoarce spre mine și furia din ochii lui mă ia prin surprindere.

— Cam greu să uiți așa ceva, nu crezi?!
— Și atunci ce vrei? îl întreb răstindu-mă la el. Să dăm un mail oficial la toată lumea despre ce tocmai s-a întâmplat?!

El pare tot mai nervos și-și trece din nou o mână prin păr. Este vizibil încurcat și nici el nu știe ce vrea.

— De ce ai făcut asta? mă întreabă printre dinți și nu înțeleg întrebarea.

Mă privește acuzator și nu-mi dau seama de ce se poartă ca și când eu am fost cea care a inițiat totul.

— De ce m-ai lăsat să continui când ai știut în ce direcție mergem? repetă el, văzând că nu-i răspund.

Și atunci înțeleg. Mă consideră vinovată că am cedat tentației inițiate de el, când corect ar fi fost să îi lipesc o palmă și să ies din birou. Totuși întrebarea mă pune pe gânduri. De ce nu am reacționat așa? Pentru că am fost egoistă. Știu asta. Pentru că eu nu mai am la cine să mă gândesc și pe care l-aș face să sufere. Pentru că sunt singură și el m-a făcut să mă simt cum niciun alt bărbat nu m-a făcut vreodată. Am avut într-o singură partidă de sex cu el, mai multe orgasme decât am avut în ultimii ani de căsnicie. Pentru că am sperat că o să simt din nou că sunt femeie, alături de un bărbat frumos care era evident că în clipa aia mă dorea pe mine și nu pe altcineva. Pe mine, așa cum sunt și nu pentru că i-am gătit o mâncare bună și simte că trebuie să mă recompenseze la sfârșit de lună cu o partidă de sex scurt. De asta am făcut-o. Pentru că aveam nevoie să simt că încă trăiesc și că încă mai există acea sexualitate în mine, care poate să facă un bărbat să uite de existența oricărei alte femei din viața lui, în afară de mine. Am fost rea. Diabolic de egoistă. De aceea am făcut-o. Dar nu pot să îi spun asta. Așa că prefer să iau totul asupra mea.

— Dacă ai nevoie de un vinovat, mi-o asum cu cea mai mare plăcere, pentru că ai dreptate. Eu sunt cea care trebuia să te refuze, însă am fost atât de egoistă și m-am gândit doar la plăcerea mea carnală.

— Dar tu nu ești așa, spune cu dezamăgire în glas și un oarecare dezgust, care mă lovește mai tare, încât simt că vreau să fac acolo o groapă și să mă pitesc în ea, să nu pot vedea privirea aceea asupra mea.

Reușesc totuși să trag aer în piept și să îmi mențin poziția dreaptă. Nu am de gând să mă prefac a fi o sfântă. Chiar deloc. Reușesc să îmi ridic colțul gurii într-un mod ironic și arăt spre el.

— Să fim serioși, nu știu cât mai puteam să rezist la cât de bine arăți. Chestia asta, și arăt cu degetul spre noi, era inevitabilă. Așa că dacă asta îți ușurează conștiința într-un fel, poți să dai vina pe mine. Nu îmi pasă. Dar asta a fost de ajuns să ne satisfacem curiozitatea și să mergem mai departe.

Închid cuvintele cu răceală şi ies din biroul lui, dorind să ies din acea încăpere în care simţeam că dacă mai stau o secundă, aş izbucni în plâns.

El rămâne pe loc, probabil cântărind cuvintele mele şi mă bucur că nu mă urmează. Mă duc repede în birou de unde îmi iau laptopul pe care îl arunc în geantă şi agăţându-mă de palton spre ieşire, plec fără să mă uit în urmă.

În maşină realizez că mi-am uitat telefonul. Inima îmi bate cu putere ca şi când mă simţeam urmărită de o fantomă. Aşa că nu am de gând să mă întorc acolo, pentru că oricum nu are cine să mă sune la ora asta. Pornesc motorul şi plec dorind să nu mai văd niciun chip de om în faţa ochilor. Pe drum reuşesc să îmi stăpânesc lacrimile, însă când ajung acasă şi mă simt în siguranţa spaţiului meu, singură, pe teritoriul meu, încep să plâng, acolo jos, pe gresia rece de lângă uşă. După câteva minute mă ridic cu greu şi abia reuşesc printre lacrimi să îmi dau jos pantofii.

Este prima dată când plâng de când am început toată nebunia cu divorţul. Chiar dacă el a fost împotriva acestei decizii, nu am plâns o secundă din momentul în care l-am anunţat de hotărârea mea. Mergeam amândoi pe drumuri diferite care nu făceau decât să ne aducă tristeţe amândurora. După discuţii interminabile, certuri şi ţipete, cu greu a acceptat. Însă şi-a propus să îmi facă viaţa grea pe toată perioada asta şi a atacat acolo unde mă așteptam cel mai puțin: bunurile comune. A devenit avar și în ultima clipă a început să aibă pretenții la mai mult decât i se cuvine, inclusiv la casa părinților mei, casă plină de amintiri frumoase ale copilăriei mele, casă în care crescusem și pe care părinții mei mi-o lăsaseră după ce ei au divorțat. Era situată într-o zonă de munte și o foloseam doar pe perioada concediilor, iar acum avea o valoare destul de mare, însă pentru mine nu avea decât o valoare sentimentală. Iar pentru asta aveam de gând să mă lupt și ani de zile. Însă azi avocatul mă asigurase că vom câștiga și nici măcar în acea clipă nu am plâns, chiar dacă abia atunci mi-am simțit sufletul liber pentru prima dată în mulți ani.

Și toată acea încărcătură sentimentală a culminat cu avansul inopinat al lui Bogdan. Ce-a fost în capul lui? Ce s-a întâmplat cu el de s-a purtat în felul ăsta fără să se gândească la consecințe? Și cu toate astea, m-a făcut tot pe mine să mă simt vinovată.

Nu știu dacă sunt în măsură să judec acțiunile mele când știu foarte bine ce a fost în capul meu, însă nu am nici cea mai mică idee ce o să fac în continuare.

Capitolul 2

Alexandra

Ajung în clădirea mare la o oră foarte matinală, știind sigur că nu ajunge nimeni așa devreme. Pe drum m-am oprit la un Starbucks și mi-am luat o cafea mare. Azi prefer să ajung înaintea tuturor, să îmi termin treaba mai repede și să nu mai stau peste program, însă mai nerăbdătoare sunt să ajung în posesia telefonului uitat.

Sunt mai obosită decât ieri și probabil mai puțin obosită decât mâine. Am lucrat pe laptop până târziu și în același timp am băut și un pahar de vin, în speranța că mă va ajuta să adorm. Dar nu a ajutat. M-am întors pe toate părțile toată noaptea amintindu-mi sărutările lui Bogdan, atingerile lui pline de dorință și senzația de plăcere maximă când îl simțeam în mine. E un bărbat perfect din toate punctele de vedere, mai puțin faptul că nu este perfect pentru o aventură. E colegul meu! Are o relație serioasă! Ce-a fost în capul meu? Și revin mereu la întrebarea: ce-a fost în capul lui? El m-a sărutat primul! El a inițiat totul chiar și în biroul lui! Eu doar... am acceptat...

Întrebări și gânduri care mi-au alungat somnul și încă îmi bântuie dimineața. Scutur capul cu putere și, încercând să mă concentrez pe prezent, îmi dau seama că sunt în fața liftului în care a început toată nebunia de ieri.

Îmi vine să mă dau cu capul de perete, să fac trei pași înapoi și să scuip peste umăr, că liftul ăsta e ca o piază rea pentru mine acum. Dar mă abțin. Inima îmi bate cu putere la amintirea celor întâmplate cu nici 24 de ore în urmă în acest spațiu mic și nu reușesc decât să rămân înmărmurită în fața lui și îmi scapă un râs ironic și totodată isteric. În spatele meu mai vin câțiva angajați ai firmelor din clădire și mă întreb unde au fost ieri, la o oră mult mai normală ca cea de azi. Se uită ciudat la mine, dar îi ignor, iar când ușile de deschid, pășesc ca și când aș merge spre ghilotină.

În sediu nu e nimeni momentan. E liniște. Mă uit la ceas și știu că mai am cel puțin o oră la dispoziție până când locul ăsta o să se umple de zumzet și agitație. Înainte să intru în biroul meu mă opresc o clipă în loc și privesc spre biroul lui Bogdan. Este la fel ca aseară, cu roletele trase, iar ușa e deschisă. Pentru o secundă vreau să mă duc acolo și să mai văd o dată „locul crimei", așa cum face un criminal, însă rezist tentației și intru în biroul meu, închizând ușa după mine. De data asta las totul la vedere prin geamurile despărțitoare, pentru că am văzut ce se poate întâmpla în spatele unor „uși închise" și vreau să evit orice aluzie sau asociere. Din acest motiv azi am decis să mă îmbrac cu o pereche de pantaloni gri la dungă și o helancă albă. Pantofii cu toc nu lipsesc aproape niciodată, așa că la capitolul ăsta am tras linie. Ideea e că am acoperit tot ce am putut din corpul meu, mai puțin fața și degetele mâinilor. Degetele pe care cândva purtam inelul de logodnă și mai rar verigheta. Cred că trebuia să fie un semn clipa în care am decis că acea verighetă stârnea niște discuții prea personale cu unii clienți, în special cliente și am preferat să port doar inelul de logodnă. Nici Marius nu purta verighetă, așa că nu l-a deranjat, cum nu l-a deranjat nici că nu i-am luat numele după căsătorie. Acum toate încep să le văd ca pe niște semne care nu mi-au deschis ochii la momentul potrivit. Nici mie și nici lui. Eram prea preocupați de carierele noastre, încât aceste detalii nu intrau în raza noastră de interes.

La exterior păream cuplul perfect, amândoi aveam cariere de succes: eu eram tot mai apreciată în vânzări și asta o arătau cifrele și ofertele pe care le primeam, el era o prezență destul de întâlnită și la TV, unde era invitat la mai multe emisiuni pentru sănătate, pentru că părerea lui în calitate de nutriționist era foarte apreciată. În ultimii ani devenise destul de cunoscut și multe vedete îi treceau pragul cabinetului privat. Poate că atenția primită din partea aceea, depășea cu mult atenția pe care eu i-o ofeream și în timp am încetat să mai depun eforturi de a fi soția perfectă și m-am dedicat și mai mult carierei mele. Am rămas perfecți doar în poze și la câteva petreceri mondene unde insista să îl însoțesc, chiar dacă nu îmi plăceau astfel de adunări și încercam să le evit cât mai mult. Dar o făceam, pentru imaginea lui, știind că nu o să mor câteva ore să ascult bârfele unor oameni pe care nu îi cunoșteam sau consultațiile gratuite pe care Marius era nevoit să le facă pentru a nu le ofensa pe cele care erau fericite că îl prindeau la un astfel de eveniment și nu mai erau nevoite să facă programare la clinică.

Amintirile încă mă fac să simt fiori reci și trag de mânecile lungi ale helăncii să îmi acopăr degetele de tot.

Am decis ca în locul inelului de logodnă să pun un inel primit de la mama mea la majorat. Un inel micuț din aur și cu o piatră albă în mijloc, dar acoperea fără probleme urma inelului precedent.

Imaginea inelului mă aduce cu picioarele în prezent și îmi amintesc de telefonul uitat, pe care îl văd pe birou, așezat perfect la linie lângă agendă. Se pare că o uitasem și pe asta aici. Am patru apeluri nepreluate și trei sms-uri. Toate de la Bogdan. Stomacul mi se strânge și cu degetele ezitante, le deschid pe rând: „Sunt în lift. Așteaptă-mă în parcare" „Ai plecat deja?" „Răspunde. Trebuie să vorbim".

Inima îmi bate și mai tare, anticipând efortul pe care va trebui să îl fac și azi să îl evit. Este evident că el nu vrea să treacă peste acest episod așa ușor. Închid ochii, lăsându-mi capul pe spate și oftez. O să fie o zi lungă.

Decisă să mă fixez pe problemele mele, reușesc să mă apuc de treabă, însă în același timp îi observ pe colegii mei care ajung la birou și mă aștept ca în orice clipă să apară și el. Scutur din cap de mai multe ori, încercând să îmi impun să mă controlez și să nu mai fiu atât de încordată, însă nu e ușor. Imagini din seara precedentă încă îmi bântuie gândurile și oricât de mult încerc să le alung, îmi este imposibil. Totul este prea proaspăt în mintea mea, iar prezența inevitabilă a lui Bogdan nu o să mă ajute deloc.

Câțiva colegi mă salută, văzându-mă prin geam, însă prima care vine în birou este Miruna.

— Mă simt prost că a trebuit și ieri să stai peste program, spune ea cu o voce vinovată, iar azi să ajungi mai devreme să corectezi ceva ce trebuia să ți-l dăm deja bine făcut.

Zâmbesc.

— Suntem o echipă, Miru, zic cu voce calmă. Împreună o să ne ajutăm și o să ne perfecționăm. Așa că o să mai facem un mic training, în cincisprezece minute. Strânge-i pe toți în sala de conferință și o să mai discutăm despre problemele astea.

Știind că am câțiva oameni relativ noi în echipă, va trebui să profit de ocazia asta și, explicându-le acestora anumiți pași, le voi reaminti și celor mai vechi mici reguli uitate.

Apoi vine și secretara cu părul albastru, Ancuța, care bagă doar capul prin crăpătura ușii.

— 'Neața! Ai nevoie de ceva?

Îi arăt cafeaua și îi zâmbesc, mulțumindu-i pentru intenție.

Miruna iese și în acea clipă telefonul începe să sune, în timp ce inima mi-o ia la galop. Este Bogdan, dar decid să îl ignor. Sunt sigură că nu e momentul să îi răspund și să am o discuție cu el. Nici nu cred că aș fi în stare să fiu calmă, ținând cont că ultima dată el mă considera vinovată pentru tot ce se întâmplase între noi. Las telefonul la încărcat și mă duc în sala de conferință, unde colegii mei încep să se strângă.

Majoritatea sunt tineri, cu mai multă sau mai puțină experiență în vânzări, însă toți sunt dornici să învețe mai mult și să muncească mai mult, pentru că asta le aduce și bonusuri pe măsură. Deși pare exagerat, țin să le reamintesc câteva reguli de bază ale corespondenței scrise între ei și clienți. Le explic cu răbdare formatul pe care o ofertă trebuie să îl aibă și dacă noi renunțăm la toate detaliile unui mail, nu vom obține la rândul nostru răspunsurile complete pe care trebuie să le primim. Pun accent și pe formele de apelare și pe puterea de a transmite într-un mesaj scris o energie pozitivă.

— Nu e nevoie să puneți emoticon la mailuri. Indicat ar fi să nu o faceți deloc, ci să vă rezumați la cuvinte frumoase, care sunt mult mai apreciate, atât în scris, cât și atunci când vorbiți cu ei. Chiar dacă aveți o relație foarte bună cu clienții, este bine ca în formatul scris să vă mențineți profesionalismul. Atât timp cât nu sunt mailuri personale, hai să menținem o anumită etichetă. Relaxată, dar profesională.

Continui să le explic în detaliu formatul ofertelor și profit de ocazie să amintesc de campaniile precedente și pașii pe care îi vom urma la lansarea celor din acest an. Știu că trebuie să discut mai mult despre acest subiect și cu Bogdan, însă sper să pot evita asta cât mai mult și să reușesc să înțeleg campania din prezentările trimise. Au fost primele pe care le-am studiat în seara precedentă și dacă mai am întrebări, intenționez să le aflu pe parcurs.

Sunt într-o situație care nu-mi place și, gândind lucrurile în felul ăsta, îmi dau seama de ea. Din cauza acestei tensiuni între noi, relația bună, ca și colegi, va avea de suferit.

Îmi trec o mână prin păr și încerc să mă concentrez pe ceea ce le explic colegilor mei. Îmi dau seama că, pentru o clipă, m-am oprit din vorbit și sunt cu ochii pierduți pe geam, însă îmi recapăt imediat simțurile și revin la discursul meu, plimbându-mă prin încăpere și uitându-mă la fiecare din cei opt „pitici" din echipa mea. Își iau notițe conștiincioși și îmi place entuziasmul lor și dorința de a învăța. Îmi amintesc cum eram eu în urmă cu peste zece ani, când intram pentru prima dată în acest domeniu.

Sunt mândră de realizările mele profesionale și că la treizeci și patru de ani dețin o poziție foarte bună într-o firmă cu mare potențial și cu un viitor frumos.

Însă gândul mă poartă din nou la Bogdan și nu pot să nu mă întreb cum vom fi afectați în viitor de ceea ce s-a întâmplat între noi.

Nu-mi termin gândul că, aruncând o privire spre peretele din sticlă care desparte încăperea de holul principal și de restul birourilor, îl văd. Stă cu mâinile în buzunare și se uită la mine cu aceeași privire fixă pe care a avut-o și ieri. Îl privesc scurt, cu respirația întretăiată și apoi revin la colegii mei, care nu observă starea mea agitată. Discutăm și despre campaniile următoare, însă le sugerez ca întrebările despre ele să le adreseze colegilor de la marketing, fiind cei mai în măsură să ne explice orice nelămuriri au.

La scurt timp după asta, încheiem ședința și toată lumea se întoarce la treabă, inclusiv eu.

Stăteam aplecată asupra biroului, rezemată în mâini, când un ciocănit în tocul ușii mă face să îmi ridic privirea. Stomacul mi se strânge imediat când îl văd. Înjur în gând slăbiciunea corpului meu. Este îmbrăcat într-o cămașă neagră, băgată în blugii de aceeași culoare, și inevitabil îmi amintesc ceva ce nu am nevoie în clipa asta: este foarte posibil ca nici azi să nu poarte lenjerie, ceea ce înseamnă că o singură bucată de material mă desparte de ceea ce mi-a produs atâta plăcere cu nici douăzeci și patru de ore înainte. Însă tot acest negru îi scoate în evidență tenul deschis la culoare și ochii căprui. Depun tot efortul din lume să îmi păstrez aerul distant, văzându-l atât de răvășit. Și barba aia... încă nu și-a dat-o jos.

— Te-am sunat, spune în timp ce închide uşa în urma lui.

Vocea îi e serioasă şi nu schiţează nicio emoţie, iar asta mă ajută să fiu la fel de calmă. Cel puţin încerc să par.

— Mi-am uitat telefonul aici, răspund scurt, nemişcându-mă.

— Ştiu. Încercam să dau de tine, când l-am auzit prin birou. Dar te-am sunat şi dimineaţă.

— Am avut treabă, răspund.

— Putem să vorbim puţin?

Tonul lui devine uşor în defensivă. Simte că vreau să îl evit.

— Adevărul este că trebuie să vorbim câte ceva despre Black Friday. Nu avem foarte mult timp la dispoziţie şi trebuie să ne mişcăm repede cu implementarea campaniei.

— Nu despre asta vreau să vorbim, Alexandra.

Sunt din nou „Alexandra" şi nu „Alex". Lucrurile sunt clare pentru mine, fără să rostesc un cuvânt legat de subiect. Şi totuşi, auzindu-mi numele spus de el, stomacul mi se strânge. Respir adânc şi încerc să îmi potolesc bătăile inimii.

— Doar despre asta avem de discutat, Bogdan. Nimic altceva.

— Ai plecat în grabă şi nu am apucat să mai spun ceva.

— Cred că ai zis destule cât să înţeleg situaţia... Ce trebuie să fac ca să uităm complet subiectul ăsta? întreb deja iritată.

— Am fost un idiot aseară și am reacționat total greșit. În primul rând tu nu ești vinovată de nimic. Eu am avut o zi proastă și nu m-am mai gândit la consecințe.

— Dacă asta este modalitatea ta să îți ceri scuze, atunci le accept, cu condiția să ne oprim din a discuta despre asta. Nici eu nu m-am gândit la ce va urma și din această cauză sunt la fel de vinovată. Cel mai important pentru mine este ca relația pe care o avem aici, la birou să nu fie afectată.

— Aici ai perfectă dreptate. Nici eu nu vreau să stricăm prietenia care ne leagă ca și colegi.

— Atunci este stabilit, spun și închei repede, cu un zâmbet forțat, în timp ce mă îndrept de spate.

— Nu este stabilit decât un aspect, continuă el. Eu încă vreau să vorbesc cu tine despre ce se întâmplă între noi la nivel personal.

— Ți-am spus că nu am nimic de vorbit despre asta, Bogdan. A fost o greșeală pe care clar o regretăm amândoi.

Face ochii mici și îmi aruncă o privire tăioasă.

— Ești sigură că regreți?

Întrebarea lui mă ia prin surprindere.

— Normal! Uită-te la noi cât de diferit ne purtăm unul cu celălalt față de cum eram înainte. Tu nu regreți? întreb știind răspunsul, evident după reacția lui de aseară.

— Nu.

Răspunsul mă lovește și fac ochii mari.

— Ești nebun... bombănesc uimită.

— Tu mă înnebunești, Alex, spune cu vocea ca o șoaptă, făcându-mă să simt dorința.

Inima mi-o ia razna din nou și sunt conștientă că m-am înroșit ca focul. Face un pas spre mine, însă citindu-i intenția, mă uit pe geam, spre colegii din camera alăturată, concentrați pe munca lor și atunci își dă și el seama că ne pot vedea. Se oprește în loc și se uită și el prin peretele mare de sticlă și se resemnează.

— Aici nu e locul potrivit să vorbim. Putem să ne vedem în seara asta?

— În seara asta avem cina cu șeful, ai uitat?

În mod normal ar fi fost ultimul lucru pe care mi l-aș fi dorit în această perioadă, însă se pare că discuția cu Bogdan i-a luat locul.

Șeful nostru este un bătrânel de aproape șaizeci de ani, care se ocupă de alte afaceri mult mai mari, în timp ce pe noi ne-a lăsat să ne ocupăm de acest segment. Directorul nostru este fiica lui care momentan este pe punctul de a naște primul ei copil, așa că fiind în concediu, în ultimele luni, domnul Enache a preferat să ne scoată la câte o cină în care să îi povestim cum merge treaba. Azi era rândul meu și al lui Bogdan, fiind departamentele care activau cel mai mult împreună.

— Corect, chiar uitasem, spune el.

Nu știu dacă mai vrea să mai discutăm, însă, din fericire, telefonul meu începe să sune și, simțind că trebuie să încheiem, îmi face semn să răspund și iese din birou, băgându-și mâinile în buzunarele pantalonilor.

Imaginea, de la spate, cu blugii mulați pe fese și pe coapsele frumos conturate, mă fac să mă gândesc din nou la seara precedentă și imagini fierbinți îmi invadează mintea.

Răspund absentă, aproape bâlbâindu-mă, dar îmi revin repede la normal. Însă pe tot parcursul zilei mă deconcentrez de mai multe ori, în special când îl văd cu coada ochiului sau când îi aud vocea.

În mod normal aș fi stat peste program până la ora opt, când era programată cina, dar știu că nu este o idee bună și la ora șase plec spre casă, profitând de ocazie să mă schimb în ceva mai elegant pentru o cină cu șeful.

Aleg o rochie neagră, tip capod, care se leagă peste talie cu un cordon subțire. În funcție de cum adun materialul pe lângă corp, îi pot regla decolteul și crăpătura ușor vizibilă de pe picior, așa că îl strâng cât pot de mult pe lângă corp, ca să micșorez anumite tentații. Îmi iau pantofii în picioare și îmi las părul să îmi cadă peste umeri. Mă uit în oglindă. Da. Arăt bine. Și oftez. Asta sunt eu și așa îmi place să mă îmbrac și chiar nu vreau să fac compromisuri la felul meu de a fi, doar ca să evit să tentez un bărbat. Nu vreau nici să o caut cu lumânarea, cum s-ar spune, însă nici nu am să mă transform în călugăriță.

Ajung la restaurantul elegant, cu mai puțin de cinci minute înainte de ora stabilită. Punctualitatea este un alt deziderat de-al meu.

Așteptăm liftul care transportă clienții spre etajul rezervat restaurantului, când lângă mine apare Bogdan. Inima începe să îmi bată cu putere, însă încerc să mă liniștesc.

— Bună, îmi spune șoptit.
— Bună, răspund, schițând un zâmbet.
— Credeam că venim amândoi împreună de la birou.
— Am vrut să trec pe acasă să las mașina.
— Ai venit cu taxi?
— Da. O să beau probabil un pahar de vin și nu vreau să am probleme.
— Eu sunt pe apă azi. Nu am fost la fel de inspirat ca și tine.
— Poți să bei și să lași mașina aici.

Vorbim unul cu celălalt, cu ochii pe lift. Mă întreb dacă și el se gândește la ce s-a petrecut între noi în lift.

— E o idee, însă îmi asum rolul de a fi șoferul tău în seara asta.

Îl privesc și-l văd zâmbind în colțul gurii. Face mișto de mine sau chiar e serios?

— Sunt sigură că mă descurc.
— Nu te mai încăpățâna, Alexandra și lasă-mă să te conduc acasă. Nu este prima dată când fac asta, deci nu trebuie să vezi asta ca ceva ieșit

din comun. Plus că este singura modalitate când putem să discutăm fără să fim deranjați, dacă vrei să nu te mai bat la cap cu povestea noastră.

Îl înjur în gând și nu-i răspund. Ideea lui este rezonabilă, însă ceva mă oprește să o accept atât de ușor.

— De acord? insistă el și își întoarce privirea spre mine.

În timpul ăsta urcăm în lift, împreună cu alte câteva persoane. Se lipește de mine, sub pretextul că nu are loc și, aplecându-se puțin, îmi șoptește:
— Deci?
— Ok! aprob iritată.

Zâmbește și îmi dau seama că mica lui glumă m-a făcut să mă destind puțin și zâmbesc și eu. Se îndepărtează, cât să nu mai stăm lipiți, însă este foarte aproape încă și nu pot să scap de încordare.

Ne lăsăm hainele la garderoba restaurantului și, punându-și o mâna pe spatele meu, mă conduce în urma hostesei care ne ghidează la masa noastră. După câțiva pași, își lasă mâna pe lângă corp și senzația de cald dispare.

Domnul Enache este deja acolo și când ne vede, se ridică să ne salute pe amândoi, iar pe mine să mă pupe, ca de obicei, pe ambii obraji, părintește.

— Copiii mei dragi, luați loc!

Ne face semn să ne așezăm amândoi pe cele două locuri din fața lui și ne conformăm, eu, cel puțin, cu o mică ezitare.

— Ce faceți voi, frumoșilor? ne întreabă în timp ce-i răspundem bombănind câte un „bine", formal. Nu am comandat nimic, că abia ce am ajuns, așa că hai să studiem ce ne oferă locul. Mi-e o foame de lup!

Când mă așez, crăpătura rochiei mele se lărgește prea tare, descoperind o parte din coapsă, mult mai mult decât mi-aș fi dorit, inclusiv jumătate din banda dantelată a dresului. Bogdan vede faza, fiind chiar lângă mine și îmi aruncă o privire care spune multe, în timp ce își mușcă ușor buza de jos.

Trag aer adânc în piept și mă simt vulnerabilă.

Domnul Enache este cu totul pitit în spatele unui meniu și nu vede cum Bogdan mă fixează cu acea privirea animalică care îmi transmite exact ce e în mintea lui. Este privirea pe care orice femeie și-o dorește asupra ei, care te dezbracă și-ți arată că în clipa aceea doar tu contezi pentru el și pe tine te dorește mai mult decât pe oricine.

Sunt pierdută doar câteva clipe, care însă par ore. Clipesc de câteva ori și iau șervetul de pe farfurie și mi-l așez pe picioare, îndreptându-mi atenția spre meniu. Sau cel puțin încerc să mă concentrez pe hârtia mare din fața mea, însă nu reușesc să văd mare lucru.

Îl aud pe Bogdan oftând și apoi se concentrează și el pe studierea meniului.

— Ce mâncăm, ca să știm ce bem? întreabă hazliu ca de obicei șeful.

Eu optez pentru pește, iar Bogdan pentru pui, iar când e vorba de băutură, el anunță că e șofer și va zice pas alcoolului și astfel comandăm un vin alb.

Tensiunea dintre noi se risipește de îndată ce începem să îi facem mici rezumate șefului despre cifrele actuale și să îi prezentăm ce urmează să facem. Este încântat de idei și ne mulțumește că ne descurcăm atât de bine fără ajutorul lui sau al fiicei sale.

Este un om foarte relaxat, care niciodată nu ne-a stresat cu rezultatele. Chiar dacă fiica lui, Elena este directorul general, tot el a fost omul care lua deciziile mai importante. A avut încredere în noi de la început, iar noi am făcut tot posibilul să nu îl dezamăgim și mereu i-am urmat sfaturile, pentru că am știu să valorificăm ideile și poveștile lui, fiind un om cu multă experiență.

După ce terminăm discuțiile profesionale, ne povestește despre Elena și cum se simte ea acum pe ultima sută de metri înainte de naștere.

— Dar voi ce faceți? Alexandra, ce mai face soțul tău?

Aproape mă înec când aud întrebarea și sunt mai mult surprinsă de direcția pe care discuția a luat-o așa de brusc.

L-a cunoscut pe Marius la o petrecere privată, la puțin timp după ce m-am angajat în firmă, însă chiar nu vreau să îi spun acum secretul legat de căsnicia mea inexistentă în acest moment.

— E bine. Muncește. Sunt sigură că ar vrea să îți transmit salutările lui.

— Și eu, de asemenea, răspunde el. Poate vom avea ocazia să ne revedem cât mai curând, eu știu... la nunta lui Bogdan? și îmi face cu ochiul în glumă.

Acesta din urmă chiar se îneacă și începe să râdă.

— Nu cred că sunt făcut pentru așa ceva, spune, luând o gură de apă ca să-și recapete respirația.

— Asta e cursul vieții: căsătorie, copii... Inevitabil va veni și momentul tău.

— Nu zic „nu", răspunde el zâmbind.

Simt că-mi vine să intru în pământ de rușine. Este unul dintre cele mai penibile momente din viața mea. Eu mint de zvânt, iar omul din fața mea vrea să se vadă cu fostul meu soț la nunta celui cu care ieri mi-o trăgeam pe biroul lui. Sunt vai de capul meu, așa că beau o gură zdravănă de vin.

— Poate ți se pare că ai o viață perfectă, dar când se vor întâmpla toate astea, o să te întrebi cum ai putut să trăiești până atunci fără emoția nașterii și creșterii unui copil. Așa că vă imaginați, continuă el adresându-ni-se amândurora, plin de fericire pe chip, cât de împlinit mă simt știind că acum urmează să am și o nepoată!

Ciocnim în cinstea familiilor și încerc să mă prefac că sunt încântată și că mă simt bine, când domnul Enache răspunde la un telefon care îl schimbă complet la față. Nu sunt atentă la conversația lui, însă se ridică în picioare și după un „Vin acum!" închide și se uită la noi.

— Copii, mă tem că trebuie să vă las. Iertați-mă, dar Elena e la spital, naște! Se pare că prințesa noastră s-a decis să vină mai repede pe lume cu o săptămână!

Fericirea și emoția de pe chipul lui îl fac să strălucească. Ne pupă pe amândoi, fără să țină cont de cine e femeie sau bărbat și fugitiv îi transmitem multe urări bune Elenei și viitorului bebeluș. Pleacă grăbit, ceea ce mă face să mă gândesc dacă i-a stat gândul să-și ia măcar haina de la garderobă.

Rămân cu privirea pierdută după el, când lângă mine o voce joasă mă întreabă:

— Mai vrei vin?

Fac ochii mari și realizez că am rămas singură cu Bogdan, la masă, unul lângă altul, el și rochia mea deocheată. Privesc cu coada ochiului crăpătura care îmi dezgolește destul de mult piciorul, când stau așezată și mă uit discret după șervețel, care rețin că-l pusesem pe masă. Chiar și când am terminat de mâncat, am continuat să mă folosesc de el pe post de acoperitor.

Îmi întorc încet privirea spre Bogdan, care stă cu capul rezemat în mână și mă privește zâmbind.

— Bună, zice cu subînțeles.

— Ai chef de glume! spun serioasă, scuturând ușor din cap.

— Nu pot să nu mă amuz cât ești de preocupată de rochia ta provocatoare. M-am gândit că ai luat-o special ca să mă agiți și mai tare, însă mi-am adus aminte că azi la birou mai aveai un pic și-ți puneai și un voal pe față, doar să nu văd un centimetru de piele.

Cum dracu' și-a dat seama?!

Tonul lui devine mai serios când continuă.

— Dar dă-mi voie să te anunț că și un sac de rafie dacă pui pe tine, din moțul capului până în vârful degetelor de la picioare, o să mă aprindă și mai rău.

Oftez exasperată și îmi frec cu nervozitate fruntea, apoi beau o gură de vin.

— Poate e timpul să încetezi cu fanteziile, nu crezi?

Devin furioasă pe atitudinea lui, pentru că simt cum încearcă să mă încolțească cu aluzii menite să mă amețească și mai tare.

— Fanteziile sunt făcute pentru a fi îndeplinite, Alexandra. Eu doar m-am săturat să visez, iar după ce am gustat realitatea mi-am dat seama că nu vreau să mă opresc.

— Nu știu ce e în capul tău și nici ce vrei de la mine, însă sunt sigură că trebuie să încetezi, Bogdan.

— Te vreau pe tine, răspunde imediat.

Are aceeași privire pătrunzătoare și respirația lui agitată nu fac altceva decât să îmi crească temperatura în tot corpul. Nu mă pot controla în prezența lui chiar deloc? Nu. Atât timp cât el o să fie atât de direct, eu o să continui să fiu mereu luată prin surprindere.

— Alex, la dracu' cu tot... recunoaște că e ceva între noi. Mereu a fost și mereu am ignorat amândoi. Dar acum eu nu mai pot. Nici psihic și nici fizic, șoptește printre dinți.

Spunând asta îmi ia mâna cu care țineam marginile crăpăturii și mi-o așază peste umflătura tot mai vizibilă prin pantalonii lui. Îmi dau seama că nu poartă nici acum lenjerie și respirația mi se oprește. Instinctul meu este să îmi retrag mâna, însă el mi-o ține prizonieră cu a lui și atunci mi-o strânge mai tare peste penisul lui tare, făcându-mă să îl simt pulsând.

Nu mai am aer și în același timp tot sângele îmi fierbe în vene.

— Nu vreau să mai ignor, Alex, zice aplecându-se ușor spre mine. Recunoaște că nici tu nu poți.

Are dreptate. Are perfectă dreptate. Îl vreau. Mereu l-am apreciat ca om și l-am admirat ca și coleg. De când l-am cunoscut am simțit o atracție față de el, însă gândurile n-au ajuns atât de departe. L-am visat, dar mă forțam ca în ziua următoare să uit visele legate de el. L-am vrut, dar nu am formulat nici măcar în gând aceste cuvinte. Și acum îl vreau, dar mi-e prea frică.

Trebuie să fug. Măcar câteva secunde.

— Nu știi ce vorbești, zic cu voce tremurândă. Trăgându-mi mâna de sub a lui mă ridic de la masă. Revin, îi spun scurt.

Mă îndrept spre toaletă, în speranța că puțină apă pe față o să mă ajute să îmi recapăt echilibrul. Intru în baia mare și mă bucur că nu e nimeni care să mă vadă cât sunt de agitată. Las apa să curgă pe mâini câteva secunde și închid ochii. Sunt excitată și îmi mușc buza de jos, gândindu-mă la bărbatul care mi-a spus clar că mă vrea.

Aud ușa deschizându-se și în spatele meu apare Bogdan care, văzând că nu mai e altcineva acolo, dintr-un pas e lângă mine, luându-mi fața în mâini și sărutându-mă mai mult forțat. Mă împinge până îmi simt spatele lipit de peretele rece, însă nu-și desprinde buzele de ale mele. Încerc să îl împing, dar nu fac decât să îi dau ocazia să mă apuce de încheieturi și să mi le prindă pe amândouă la spate. Cu cealaltă mână îmi prinde ușor părul de la ceafă, forțându-mă să îi dăruiesc buzele cu mai multă ușurință. Gura lui e avidă și chiar dacă aș vrea să opun rezistență... nu pot. Cedez, obosită să mă lupt cu ceva ce de fapt îmi doresc și el simte asta.

Mă conduce fără să se desprindă de buzele mele spre toaleta cea mai apropiată și închide ușa cu piciorul în spatele nostru. Sunt din nou prizonieră între un perete întunecat și corpul lui puternic și mă sărută cu poftă, gemând. Îmi ridică mâinile deasupra capului și la fel ca înainte, le ține prizoniere. Pot să scap, dar nu vreau. Nu pot nici eu să mai rezist, așa că mă las pradă atingerilor lui carnale și vreau mai mult. Limbile noastre se împreunează, pornind un val de căldură și mai puternic în corpul meu. Își strecoară un picior printre ale mele, forțându-mă să mi le despart puțin și să îi simt mușchiul încordat atingându-mi lenjeria. Se freacă ușor de mine și scap un geamăt, oprit însă de gura lui ademenitoare. Îmi strânge sânul în palma lui, iar când descoperă că rochia se desface doar dintr-un cordon, devine și mai dornic să mă descopere, să mă atingă, să mă simtă. Sutienul este doar un mic obstacol în calea degetelor lui, care îmi găsesc cu ușurință sânul și sfârcul întărit. Mă apucă de el cu buricele degetelor și strânge, producându-mi fiori de plăcere. Gura lui se desprinde de a mea și îmi gustă imediat sânul, sugându-l și mușcându-l ușor, făcându-mă să gem.

Din fericire, muzica ambientală se amestecă cu gemetele noastre și nimeni nu-și poate da seama că în acest spațiu mic, doi oameni sunt pierduți în atingeri fierbinți. Gura lui o găsește din nou pe a mea și mâna îi ia locul, dezmierdând sânul meu umflat, masându-l. Se joacă cu sfârcul deja sensibil și apoi nu mai durează mult până degetele lui trasează dungi fierbinți pe coastele mele și peste abdomen, până când, fără să ezite, își bagă mâna în chiloții mei, descoperind cât sunt de udă.

— La dracu', Alex, şopteşte. Mă omori în felul ăsta...

Mâinile mele i se agaţă de braţe şi-l muşc când mă penetrează cu degetele, frecându-mi clitorisul cu podul palmei.

— Tu mă omori pe mine! îi şoptesc, continuând să îl sărut.

Fără ezitare îi caut nasturele de la blugi şi, aşa cum bănuiam, nici acum nu are lenjerie. Este excitat la maxim şi îi simt vena pulsând în mâna mea. Îl strâng şi-l frec, dorindu-l cât mai repede în mine.

Muzica de pe fundal ne acompaniază gemetele înfundate şi cu greu reţinute, însă îl aud când îmi şopteşte:

— Spune-mi că mă vrei, Alex. Spune-mi că şi tu vrei asta...

Degetele lui sunt tot mai rapide, intrând şi ieşind din mine. Mă simt înnebunită de plăcere, însă reuşesc cu greu să răspund:

— Te vreau, Bogdan! răspund răguşită, te vreau acum!

Mă apucă de şolduri şi, ridicându-mi un picior peste şoldul lui, încet îşi împinge penisul erect în mine. Îmi acoperă gura cu a lui, pentru a-mi opri geamătul de plăcere şi, după ce stăm nemişcaţi pentru o secundă, începe să-şi mişte pelvisul intrând şi ieşind cu putere şi poftă. Mişcările capătă un ritm tot mai alert şi mai excitant, făcându-mă să simt că mă ridic tot mai sus pe culmile plăcerii. Mă agăţ cu braţele de gâtul lui şi din când în când buzele noastre se găsesc şi se devorează. Îşi lipeşte fruntea de a mea şi apoi mă sărută din nou, continuându-şi mişcările năucitoare. Îşi măreşte ritmul şi când îl simt aproape de climax, corpul meu rezonează cu al lui. Fiori îmi cuprind corpul şi valuri de căldură îmi ard venele, explodând în jurul lui. Pentru a-mi înnăbuşi ţipătul de plăcere, îmi acopăr gura cu clavicula lui pe care o muşc uşor, iar el termină înfigându-şi degetele în spatele meu şi în coapsa pe care o susţinea. Rămânem nemişcaţi, ascultând muzica din jurul nostru şi nimic altceva. Inimile noastre bat cu putere, gata să spargă pieptul şi respirăm cu greu, ca nişte oameni ieşiţi din apă după prea mult timp. Trec clipe bune până când el se mişcă şi îmi sărută tâmpla, îndepărtându-se apoi încet.

Îmi simt corpul la fel de lipsit de vlagă ca în seara precedentă, iar când îmi lasă piciorul în jos, descopăr că picioarele îmi sunt destul de moi, însă reuşesc să mă ţin pe ele.

— Eşti bine? mă întreabă încet, cu blândeţe, privindu-mă.

Clatin din cap în sensul că da, chiar dacă nu ştiu exact dacă este răspunsul adevărat.

Încercăm în acelaşi timp să ascultăm dacă mai e cineva în baie, dar nu auzim niciun zgomot.

După ce suntem liniştiţi şi ne punem hainele în ordine, se uită la mine, analizându-mă şi îmi dau acordul că sunt ok, după ce îmi aranjează o şuviţă de păr. Mă sărută scurt şi apăsat şi îmi şopteşte înainte să iasă:

— Te aștept afară.

Iese și eu rămân în toaletă, moment în care mă așez peste colacul wc-ului simțind că voi cădea dacă mai fac un pas.

Nu sunt sănătoasă la cap, îmi recunosc singură. Am comis-o a doua oară, însă creierul meu refuză să gândească mai mult.

Îmi reașez rochia, strângând-o cu cordonul și ies mecanic din baie după câteva secunde și mă opresc în fața chiuvetei să dau cu puțină apă pe mâini și pe față. Încerc să nu stric machiajul, însă am buzele înroșite și umflate. În afară de asta, par la fel ca atunci când am ajuns la restaurant, dar cu starea interioară schimbată.

Respir adânc de câteva ori, număr în gând până la treizeci și ies afară. Bogdan mă așteaptă în fața toaletei, rezemat cu un picior de perete și cu două degete în buzunarele pantalonilor. Arată atât de masculin, pierdut în gândurile lui, ușor încruntat. Respir adânc și mă observă când se închide ușa în spatele meu și imediat se îndreaptă.

Face un pas și îmi pune o mână pe braț.

— Ești bine?

— Este a doua oară când mă întrebi asta pe ziua de azi.

— Pentru că mă interesează, răspunde sincer.

Oftez.

— Dar tu cum ești? îl întreb.

Pare că nu se aștepta la întrebarea mea. Este uimit și pare că-și ține respirația, însă după ce respiră adânc îmi răspunde:

— La fel ca tine.
— Nu cred asta, îi spun și întorcându-mă încet pornesc spre restaurant, iar el mă urmează.
— De ce spui asta?
— Pentru că, în comparație cu mine, tu pari că ai idee ce se întâmplă.

Nu răspunde și ne întoarcem la masă în tăcere.

Ospătarul care ne servise apare imediat și ne întreabă dacă ne poate servi desertul comandat. Eu nu mai pot mânca nimic. Sunt prea confuză. Bogdan observă privirea mea încurcată și mă întreabă dacă vreau să îl iau la pachet, însă îi spun că nu este nevoie, așa că cerem doar nota.

Beau o gură de vin și îmi doresc să plec mai repede de-acolo. O parte din mine vrea să fugă din nou de lângă el, dar cealaltă parte este prea obosită să mai facă vreun pas. El însă mi-o ia înainte, ca și când din nou îmi citește gândurile:

— Ai promis că mă lași să te conduc eu acasă. Nu încerca să mă eviți din nou.

Oricum nu am putere să mai fac asta, în mintea mea învârtindu-se tot ce s-a întâmplat în ultimele zece-cincisprezece minute, presărate de cuvintele lui: „Recunoaște că e ceva între noi. Mereu a fost și mereu am ignorat..."

Mă mângâie ușor cu degetele și mă face să îl privesc în ochi.

— Nu te mai gândi. O luăm pas cu pas și vedem ce o să facem.

— Am nevoie de timp să mă gândesc, zic cu voce slăbită.

— Nu o să te las să faci asta, spune cu hotărâre în glas. Dacă te las, o să fugi.

— Și ce e rău în asta?

— Nu știu dacă e ceva rău, însă știu că nu o să fie deloc bine.

— Bogdan, trebuie să fim realiști.

— Sunt cât se poate de realist.

Oftează și vrea să mai spună ceva, însă ospătarul vine și ne spune că nota a fost achitată de domnul care a plecat și-și cere scuze că ne-a făcut să așteptăm.

Ne ridicăm imediat în picioare ca și când amândoi vrem să fi plecat de-acolo cât mai repede. Ne luăm în tăcere hainele de la garderobă și, după ce mă ajută să îmi îmbrac paltonul, ne îndreptăm spre lift. Acolo nu mai este nimeni, așa că urcăm singuri în el. În singurătatea acelui spațiu, el se apropie de mine și mă ia în brațe, transformând toată acea energie sexuală, în ceva mult mai plăcut și mai intim. Își afundă fața în părul meu și mă ține strâns la piept până când liftul ajunge la parterul clădirii.

Capitolul 3

Bogdan

O simt fragilă și speriată și vreau să o liniștesc, așa că în lift profit de faptul că suntem singuri și o iau în brațe. Își pune capul pe pieptul meu și nu mă respinge, ceea ce mă face să mă simt atât de liniștit. Părul ei miroase atât de frumos, iar corpul ei este cald. Aș vrea să o țin așa la pieptul meu ore întregi, însă liftul ajunge la parterul clădirii și cu greu ne desprindem și până la mașină știu că trebuie să merg la o distanță rezonabilă de ea. Aș vrea să o iau de mână, să îi simt pielea fină, să știu că e încă lângă mine și că n-a fugit din nou, dar nu vreau să o vadă vreun cunoscut și să aibă probleme. Cu toate că asta a fost intenția inițială, când ne-am sărutat în lift, dar acum am creierii varză.

Îi deschid ușa de la mașină și o urmăresc cu privirea. Când se așază, rochia îi dezgolește provocator piciorul. Eforturile ei de a remedia problema sunt deja amuzante și mă fac și mai tare să îmi doresc să sfâșii acea rochie și să o scap de stres. A dracu' rochie... A dracu' Alexandra că a ales-o și mi-a pecetluit soarta. Știu că nu asta a fost intenția ei, rochia fiind foarte decentă când stătea în picioare, însă am citit surpriza pe chipul ei când croiala a început să îi facă figuri.

— Putem să oprim pe drum, să vorbim câteva minute?

— Unde? mă întreabă.

Inițial mă gândeam că am putea merge la mine acasă, însă știu că ar refuza asta, iar momentan prefer să o duc pe un teren neutru care ar face-o să se simtă mai în siguranță.

— Știu un loc mai ferit pe marginea lacului Morii. Mai merg la alergat pe-acolo și în timp ce fumăm o țigară vorbim liniștiți.

— Nu fumez, iar tu parcă te lăsaseși.

— Azi cred că simt nevoia, mărturisesc și mă întind spre torpedou după pachetul ascuns acolo, dar o ating fără să vreau pe piciorul dezgolit.

Corpul meu răspunde imediat și pentru o clipă mâna mea rămâne nemișcată, în contact cu pielea ei. Tensiunea crește într-o secundă și, când o privesc, ochii ei mari par că sunt la fel de uimiți ca și ai mei de atmosfera existentă între noi. Iau pachetul și îmi retrag mâna încet ca o mângâiere și mă uit în față, la drum, oftând.

— Deci, putem să mergem acolo?

— Ok, aprobă și sunt surprins, dar și bucuros în același timp.

Am șansa să mai stau împreună cu ea și chiar asta îmi doresc. Mergem în tăcere, dar simt nevoia să îi spun:

— Dacă tu crezi că am toate răspunsurile, te înșeli. Sunt la fel de confuz ca și tine și nu știu care este drumul cel bun. Tot ce știu este că alături de tine e diferit și bine. Și îmi place la nebunie să te ating, să te simt, să mă pierd în tine...

Mă opresc, simțind că nu fac decât să cresc și mai tare tensiunea existentă.

Ea își freacă fruntea agitată și nu spune nimic. Este tăcută și asta mă face să fierb, dar nici eu nu știu ce-aș vrea să aud de la ea. După câteva secunde îmi spune cu o voce joasă, resemnată:

— Prima dată a fost o greșeală, însă deja am comis-o de două ori. Nu mai am scuze pentru că am acceptat ca povestea să ajungă atât de departe.

— De ce continui să cauți în tine vinovatul, când știm amândoi că eu sunt cel care a inițiat totul?

— Am mai discutat treaba asta, Bogdan. Se presupune că eu sunt cea matură și care trebuie să fiu mai conștientă de realitatea fiecăruia și nu trebuia să fac așa ceva niciodată.

Știu că sunt vinovat, dar nu știu încotro să o iau. Este o femeie măritată și nu merita să îi fac asta! Știam că fac o greșeală din clipa în care am sărutat-o, dar nu mi-am dat seama de consecințe decât după ce ne-am tras-o prima dată și mi-am dat seama că îmi place prea mult de ea ca să mai dau înapoi.

Amintindu-mi acum dantela dresului ei în acea seară, pielea fină, sfârcul întărit pe care l-am descoperit abia azi, simt cum mă excit din nou numai gândindu-mă la cea care este acum atât de aproape.

— Putem să uităm de toată lumea și să ne concentrăm doar pe noi?

— Asta ar însemna să fim cei mai egoiști oameni de pe Pământ. Și nu-i normal.

— Mai departe de noi doi nu cred că pot să gândesc la altcineva, când sunt lângă tine, mărturisesc cu vocea pierdută.

Nu-mi stă în caracter să fiu atât de sincer cu o femeie, însă cu ea totul e altfel. Dacă nu spun ce gândesc, o să fugă și eu vreau să o țin alături de mine cât de mult pot.

Îi iau mâna și i-o așez din nou peste erecția mea care este aproape constantă în prezența ei.

— Ți se pare normal așa ceva? Doar te-am gustat și am devenit dependent...

E de ajuns să îi văd pupilele dilatate și buzele întredeschise de uimire și să nu mai poată respira. Își retrage ușor mâna și și-o strânge ca un pumn în poală.

Mă mușc de buză și mă abțin să nu trag mașina pe dreapta, aici, în mijlocul drumului. Măresc puțin viteza pentru că vreau să ajung cât mai repede într-un loc unde pot să mă concentrez pe Alexandra și nu pe condus.

Își lipește coapsele și semnul este evident pentru mine.

— Și tu ești la fel de excitată ca și mine... rostesc mai mult în șoaptă.

Știu asta. O văd pe chipul ei, pe corpul ei. Și eu vreau să fiu din nou în ea, să mă pierd ca un nebun și ea să urle de plăcere.

Tensiunea dintre noi creşte cu fiecare metru parcurs, dar când opresc la primul semafor, o trag de mâna spre mine şi o sărut lacom să gust aroma vinului din gura ei, să explorez cu limba buzele ei moi şi încă înroşite după partida aprinsă în baia restaurantului. Ea nu opune rezistenţă şi o simt cum se deschide, din nou dornică la fel ca şi mine de mai mult. O vreau. Aici. Acum.

Claxoanele unei maşini mă aduc la realitate şi îmi dau seama că s-a făcut lumina verde la semafor, aşa că apăs acceleraţia şi plec în viteză.

Ea mă priveşte cu ochii mari, uimită de dorinţa dureroasă pe care o resimţim.

— Ce îmi faci? îmi şopteşte şi în clipa asta ştiu că e a mea.

Nu mai poate da înapoi şi nici eu nu vreau lucrul ăsta. Îmi întind mâna spre coapsa ei şi o cuprind cu palma, dar în acelaşi timp îmi strecor degetele între picioarele ei strânse, forţând-o să mă lase să pătrund cât mai adânc. O secundă simt reţinerea ei, însă cedează, lăsându-şi capul pe spate cu ochii închişi şi cu mâinile pe lângă corp, strânge de marginea scaunului.

Încerc să mă concentrez şi pe drum, pentru că sunt la câteva minute de locul acela, aşa cum degetele mele sunt concentrate să atingă locul ei fierbinte. Lenjeria dantelată este din nou în calea mea, însă o frec uşor pe deasupra, simţind căldura şi umezeala care mă aşteaptă. Îi dau rochia la o parte şi imediat îmi strecor mâna pe sub dantelă, mângâind-o încet peste vulva umflată. E umedă și geme de plăcere, iar eu simt că explodez în pantaloni doar văzând-o cum răspunde la atingerile mele. Mă joc cu clitorisul ei, dorind să îl gust și să îl mușc și ea geme și mai tare.

— Nu te abține, iubito, șoptesc cu vocea pierdută. Vreau să te aud și să mă pierd în gemetele tale.

Continui să mă joc cu clitorisul umed, frecând înainte și înapoi și îmi bag un deget în ea, în același joc de du-te-vino, imaginându-mi că o penetrez cu penisul meu dornic să intre în ea cât mai repede. Măresc ușor ritmul, dorind să o duc tot mai sus pe culmile plăcerii, scoțându-mi și din nou penetrând-o cu degetul. O simt tot mai umedă, respirația ei devine tot mai precipitată și pentru că mai am foarte puțin până la locul cu pricina, încetinesc mașina pentru a mă concentra pe plăcerea care explodează în jurul ei, făcând-o să geamă zgomotos, prin cel mai erotic „ah" pe care l-am auzit vreodată.

O mângâi încet simțind-o cum se liniștește, însă eu sunt la limită și simt că o să îmi dau drumul în pantaloni dacă nu o simt cât mai repede.

În câteva secunde opresc mașina la locul unde voiam să ajung și o văd cum se apleacă spre mine și mă sărută, în timp ce o cuprind cu brațele și dându-mi scaunul la maxim pe spate, o trag peste mine, lăsând-o să mă călărească. Mă las pe spate la maxim și îmi place să o văd deasupra mea, dominându-mă, trăgându-mă ușor de părul de la ceafă, lăsând-o să îmi sărute clavicula și să mă zgârie ușor cu unghiile pe piept, ajungând la abdomen și apoi băgându-și mâna în pantalonii mei, eliberându-mă imediat. Îmi freacă capul umed și mă conduce imediat spre vulvă, frecându-mă de labiile ei umezite și apoi mă conduce spre locul mult dorit, iar acolo mă lasă să pătrund în ea cu forță. Se freacă de mine, dar nu pot să o las să facă toată treaba, pentru că o vreau prea tare. Vreau să intru și să ies în forță, să simt că e a mea și ea să simtă că sunt tot în ea. O prind de șolduri, ajutând-o să țină ritmul cu mișcările mele, sincronizându-ne perfect, tot mai rapid, tot mai apăsat, tot mai zgomotoși. Strâng din dinți, abținându-mă să nu o mușc, însă degetele mele îi strâng cu putere talia subțire, pe sub rochie. Gemetele ei răgușite mă fac să îmi dau seama că este tot mai aproape de climax și asta mă excită și mai tare. Își afundă capul în scobitura gâtului meu, strângându-mă mai aproape de ea și explodează, gemând cu putere, moment în care și eu explodez pe rochia și pe lenjeria ei, în timp ce gem în părul ei, lipindu-mi capul de al ei și strângând-o la piept cu putere.

Suntem pierduți. Eu sigur sunt. Stăm nemișcați clipe întregi, până când respirația fiecăruia se liniștește, când ea își ridică încet capul și vrea să se îndepărteze, dar nu o las. Îi cuprind fața cu mâinile, făcând-o să mă privească, dar imaginea ei îmi frânge inima când văd că are lacrimi în ochi. Doar pot să îmi imaginez bătălia interioară care o chinuie, așa că o sărut apăsat, gustându-i buzele înroșite de barba mea și vrând să o asigur că lângă mine este în siguranță și că aș vrea să fug cu ea cât mai departe și să nu mă mai întorc. O sărut cu pasiune, strângând-o la piept și ce simt, e un sentiment ciudat față de dorința pe care am mai simțit-o cu mulți ani înainte. Oare...?

Alexandra

— Vino cu mine, îmi spune după ce mă sărută cu gura lui avidă, lăsându-mă din nou fără răsuflare.

Își lipește fruntea de a mea și stăm așa cu ochii închiși câteva secunde.

— Unde vrei să vin cu tine? îl întreb încet.

Aș fi tentată să merg oriunde cu el acum.

— Nu știu... departe... cât mai departe, răspunde încet. Vino la mine.

Știu că nu am pe nimeni care să mă aștepte acasă și aș vrea să îi spun și lui lucrul ăsta, însă mi-am promis că până nu se termină toată nebunia cu procesul și partajul, nu o să suflu niciun cuvânt nimănui. Și cum să vin la el? Chiar dacă iubita lui nu e acasă, sunt lucrurile ei acolo. Ar fi un gest de care nu am nevoie în situația asta complicată în care sunt, nici să mă lovească în nas acest reminder al faptului că din cauza mea, Bogdan își înșală iubita.

— Ești nebun, șoptesc.
— Este a doua oară pe ziua de azi când îmi spui asta, glumește el.
— Se repetă cam multe lucruri astăzi.
— Nu mă plâng.
Ne privim în tăcere, până când îi spun:
— Nici eu.
— Vino cu mine, îmi spune, căutându-mi din nou buzele.

Aș merge, aș fugi cu el, însă știu că am pierdut total controlul asupra a ceea ce se întâmplă. Nici nu vreau să mă gândesc ce părere are el despre mine, ca femeie măritată, care are o aventură cu el, chiar dacă nu știe adevărul. Însă lucrurile merg prea repede și încă sunt întrebări ce se învârt în capul meu și, cu cât mă afund mai tare în această aventură, cu atât o să îmi fie mai greu să găsesc răspunsuri și soluții. Mi-e frică de ce urmează, așa că trebuie să respir adânc înainte de toate.

— Este destul de târziu... îi spun. Trebuie să mă liniștesc puțin și cred că și tu ai nevoie de puțin timp.
— Am nevoie doar de tine.
— Chiar ești nebun...
Zâmbește.
— Tu mă faci să fiu așa, Alex.
Îmi mângâie ușor obrazul cu degetele și închid ochii savurând atingerea.
— Sunt ca o bucată de plastilină în mâinile tale, șoptesc.

— Oh, Alex, cât îmi doresc să te am lângă mine mereu...

Deschid ochii și știu că ceea ce se întâmplă e prea mult. Chiar și pentru el. El încă are o iubită.

Oftez și mă ridic, dându-mă la o parte de pe el.

— Ce s-a întâmplat? mă întreabă puțin confuz.

— S-au întâmplat prea multe într-un timp prea scurt, zic referindu-mă și la ce se întâmplă în viața mea personală.

Mă uit la el și văd că așteaptă explicații și îi spun cu sinceritate:.

— Dar ce se întâmplă acum între noi mă bulversează cel mai tare și mi-e frică de ce o să urmeze. Spune-mi, te rog, că mă înțelegi.

Mă privește fix, analizându-mi chipul care cere din priviri aprobare și apoi clatină din cap aprobator.

— Te înțeleg perfect.

— Atunci, du-mă acasă să pot să mă liniștesc.

— Nu vrei să mai discutăm despre...

— Nu cred că mai e nevoie de alte cuvinte, îl întrerup. Nici nu știu ce aș mai putea să zic, decât că vreau să mă liniștesc înainte de a mai face o prostie.

Mă mângâie ușor pe obraz și îmi zâmbește cald.

— Sunt la un telefon distanță... dacă pot să te ajut cu ceva... și dacă tu consideri că ai nevoie de mine, anunță-mă și vin imediat.

Nu ştiu ce îşi imaginează că s-ar putea întâmpla cât să îl chem... Poate se gândeşte la un scandal cu soţul meu, văzându-mă atât de ciufulită şi cu rochia şifonată, dar măcar pentru imaginea mea personală mă străduiesc să o aranjez, în timp ce el, oftând, porneşte motorul maşinii.

Până acasă suntem tăcuţi. Privesc pierdută pe geam şi sper să nu plâng, cum mi s-a întâmplat după orgasmul de mai devreme care m-a zbuciumat.

Am plâns de fericire că am parte de asemenea plăcere, dar şi de durerea că bărbatul care mă face să mă simt cum nici altul n-a reuşit până acum, nu este al meu. Este al alteia, la care el se duce acum. Oare i-am lăsat semne? Sper să nu aibă probleme din cauza mea... În momentele astea se pare că tot pentru el îmi fac griji. Pentru că eu nu am nimic de pierdut, însă el, da.

În faţa blocului, mă uit din obişnuinţă spre apartament, însă normal lumina e stinsă. Înainte să cobor, încerc să îi zâmbesc.

— Ne vedem mâine, spun încet.
— Abia aştept, răspunde, zâmbind uşor.
— Nu aştepta! îl mustru. Doar conştientizează până mâine că nu este bine ce facem şi că trebuie să ne oprim.
— Nu pot să fiu conştient de asta, pentru că se simte prea bine, Alexandra.
— Te porţi ca un copil... Toată povestea asta va produce durere, dacă o continuăm.

— Eu cred că nouă nu ne va aduce deloc durere, Alex, spune şoptit, însă uşor încruntat. În cel mai rău caz va fi o durere plăcută.

Deschid gura să zic ceva, însă mă opresc, când îmi acoperă mâna. Are tendinţa de a spune lucruri ce mă bulversează şi simt că discuţia capătă o nouă conotaţie, încărcată de tensiune sexuală. Chiar am nevoie să iau o pauză, departe de el, aşa că mă port ca o încăpăţânată, să nu risc să iau decizi impulsive. Dacă continuă să mă privească cum mă priveşte acum s-ar putea să îl chem la mine şi tot secretul meu să fie dezvăluit, iar atunci va crede că sunt doar o femeie disperată după sex, acum că a scăpat de soţ. Am fost discretă cu viaţa mea personală şi am despărţit-o de job cât am putut de mult, până când le-am dat cap în cap pe amândouă şi de două zile continui să o fac, aproape cu inconştienţă.

— Noapte bună, Bogdan, îi spun, retrăgându-mi mâna din a lui.

— Noapte bună, Alex.

De fiecare dată când îmi spune numele scurt, îl pronunţă într-un mod simplu şi erotic pentru urechile mele. Încet, aproape ca o şoaptă, trezeşte în mine toate amintirile partidelor de sex avute cu el.

Cobor, după o scurtă ezitare şi cu greu rezist tentaţiei de a nu mă uita înapoi, de a-l mai privi măcar o clipă.

Holul gol al apartamentului, azi nu mă mai face să plâng, din contră, mă bucură că nu mai e așa pustiu. Mă bucur că nu trebuie să inventez minciuni care m-ar face să mă simt mult mai vinovată decât sunt. Mă bucur că sunt singură și că sunt liberă. Contrar stării de ieri, azi sunt fericită. Nu știu ce se întâmplă între mine și Bogdan, însă sunt atât de plină de viață, datorită acestei nebunii pe care o trăiesc alături de el. Știu că nu e bine, că nu e corect față de iubita lui, nu e corect probabil nici față de conducerea firmei, pentru că am abuzat de biroul lor, dar chiar nu vreau să mă mai simt prost față de nimeni, că m-am lăsat purtată de ceea ce am simțit și mi-am dorit. Măcar acum, aici, la mine acasă, vreau să mă bucur de ceea ce simt cu adevărat. Și ce e mai grav, este că m-am îndrăgostit. Sau poate că am fost deja puțin îndrăgostită de el, de când l-am cunoscut. Asta știu sigur, însă acum că lucrurile sunt altfel între noi, surprinsă, descopăr un bărbat atent, care are o putere sexuală incredibil de puternică asupra mea, care mă face să îmi încalc toate principiile, doar cu o sărutare. Un bărbat care știe exact unde și cum să mă atingă și să mă facă să explodez de plăcere de nenumărate ori. Un bărbat care îmi spune că vrea să fie mereu cu mine.

Nu știu ce e în mintea lui și ce vrea el mai exact de la mine, dar după ce mă liniștesc și fac o baie fierbinte o să reușesc să îmi pun ordine în gânduri și să am în zilele care urmează o discuție serioasă cu el. Cuvintele lui îmi ridică semne de întrebare și totodată aprind o speranță în mine, care dacă se dovedeşte a fi falsă, o să mă doară foarte tare. Până când această speranţă va creşte şi mai mult, va trebui să aflu cum vede el relaţia noastră: ca pe ceva cu potenţial sau o simplă aventură? Doar după ce aflu răspunsul lui, o să ştiu cum să îmi canalizez sentimentele mele pentru el şi care va fi direcţia în care voi merge.

Baia fierbinte mă ajută. Multă spumă, muzică în surdină pe fundal şi totul este perfect. Pot spune că, după mult timp, aceste minute sunt cele mai liniştite pe care le-am avut în ultimul timp, în ultimele luni. După aceea încerc să mai lucrez puţin, însă mă simt prea obosită, însă azi este o oboseală plăcută. Corpul meu este epuizat după tot ce a trăit în ultimele zile şi chicotesc acum gândindu-mă. Adorm târziu, mintea mea fiind aromată de amintirea atingerilor şi senzaţiilor produse de Bogdan.

Capitolul 4

Alexandra

Și azi ajung la birou destul de devreme, dar de data asta mai sunt câțiva colegi harnici veniți înainte de program. Este vineri și unii preferă să ajungă puțin mai devreme și să poată încheia programul mai repede, pentru a se bucura de weekend. Dar și cu ei este liniște momentan în birou. Îmi las geanta pe un scaun, când pe masă văd că mă așteaptă un bilețel de la Bogdan: „Vino până la mine în birou când ajungi, pls. Mersi!" și un smiley face.

Sunt sigură că nu mi l-a lăsat aseară și mă face să mă gândesc că a ajuns și el mai devreme azi. Îmi verific ținuta, care este formată tot dintr-o pereche de pantaloni albaștri și o cămașă albă, apoi îmi iau agenda, plină de bilețele și notițe și mă îndrept spre biroul lui, unde are jaluzelele trase. Ușa este ușor întredeschisă, iar când mă apropii, îmi dau seama că vorbește cu cineva, așa că încetinesc înainte să intru, pentru a-mi da seama dacă pot să îl deranjez. Și atunci îl aud:

— Toate femeile care înșală sunt curve, Vlad. Că sunt măritate sau nemăritate, sunt toate la fel și merită să fie pedepsite.

Vocea lui este rece și scârbită, când pronunță aceste cuvinte, iar șocul lor mă lovește atât de tare, încât scap agenda pe jos și toate hârtiuțele se împrăștie pe lângă mine.

— Diana, nu e nici prima, nici ultima, man. Stai liniștit, îl aud continuând. Mă bucur că am aflat înainte ca treaba să devină mai serioasă. Însă o femeie care își înșală bărbatul de lângă ea, atât timp cât ăla face tot ce poate să o facă fericită... merită să îți bați joc de ea și să o faci să nu-i mai ardă altă dată să calce strâmb. Din păcate, ea a scăpat, pentru că nu mă așteptam să mi-o facă în felul ăsta și s-a mișcat prea repede după ce-am aflat că și-o trăgea cu ăla.

Corpul îmi tremură și abia pot să adun hârtiile de pe jos. Acum realizez că asta crede el despre mine. Toate în mintea mea se leagă și creează conexiuni care mă fac să înțeleg comportamentul lui din ultimele zile. O singură frază spusă de el și totul devine clar. S-a folosit de mine doar ca să mă pedepsească și să-și bată joc, așa cum și-ar fi dorit să o facă cu iubita lui. D-aia nu-i păsa de consecințe, el era concentrat să-și dovedească că și eu sunt la fel ca ea și că-mi înșel soțul cu el, ca să fiu apoi pedepsită. Încerc disperată, cu lacrimi în ochi, să adun cât mai repede hârtiile, dar pentru că abia îmi mai pot controla tremuratul, simt că nu mai reușesc niciodată. Îmi vine să le las acolo și să fug sau să intru în biroul lui și să arunc cu ceva în el.

Lângă mine vine un coleg care se oferă să mă ajute, însă reușesc doar să dau din cap că nu am nevoie de ajutor, însă totodată sper să se oprească din vorbit, astfel încât Bogdan să nu-și dea seama că sunt acolo.

Însă e prea târziu. Ușa se deschide larg și nu vreau să mă uit la el, dar se apleacă să mă ajute și îi văd chipul. Este uimit că sunt în fața biroului și, speriat, deschide gura să spună ceva, însă văzându-mi privirea îngrozită, totodată furioasă și corpul tremurând, rămâne înmărmurit.

— De cât timp ești aici?

Nu-i răspund și dau să mă ridic, însă mă prinde de mână, dar într-un gest din reflex mă smulg, aproape lovindu-l. Îmi strâng palma ca un pumn și reușesc să îi șuier printre dinți, cu cel mai amenințător ton existent:

— Dacă mă mai atingi o dată, te omor!

Mă ridic repede și mă îndrept glonț spre biroul meu, însă el este în urma mea. Închide ușa în spatele lui și închide jaluzelele apăsând pe un singur buton.

— Ieși afară, acum!

Țip la el, destul de tare, dar cât să fiu sigură că nimeni din afara biroului nu mă aude. Este izolat destul de bine, dar nu vreau să risc. Sunt roșie de furie și chiar vreau să dispară din fața ochilor mei, fără să mai aud scuzele ieftine.

Este agitat, însă încearcă să-și păstreze calmul când vorbește.

— Ascultă-mă, te rog. Nu e așa cum a sunat.

— Tu crezi că mai poți să schimbi ceva după ce am auzit exact ceea ce gândești? Chiar crezi că mai poți să mă prostești?

— Nu asta am vrut!

— Jură-te! zic ironică. Chiar nu ai avut intenția să te răzbuni pe mine pentru că ai fost înșelat?

El pare încurcat.

— Ba da, dar...

Confirmarea e mai dureroasă decât atunci când l-am auzit vorbind. Îmi vine să plâng, dar nici în ruptul capului nu o să îi arăt cât de tare sufăr.

— Dispari din fața ochilor mei!

— Ascultă-mă o clipă!

— Nu mă mai interesează scuzele! Dispari acum!

Își trece nervos mâinile prin păr.

— După cearta mea cu Diana am fost foarte confuz și foarte nervos și tu ai fost prima care mi-a apărut în fața ochilor. Pur și simplu nu am mai vrut să mă gândesc la consecințe, însă am regretat că-ți fac asta din prima clipă când am urcat în liftul ăla, apoi a fost prea târziu pentru mine...

— Ai planuit totul în mintea ta bolnavă! spun și mai îngrozită. Doar ca să îți satisfaci nevoile de bărbat rănit în orgoliu! Spune-mi ce-a fost mai exact în capul tău, când știai că sunt măritată? La soțul meu nu te-ai gândit că s-ar simți la fel ca și tine dacă ar afla?

— Nu vrei să știi ce era în capul meu... Eram rănit și nu judecam corect.

— Spune-mi acum!

— În clipa aia mi-am zis că unui bărbat îi este mai bine singur, decât alături de o femeie capabilă să îl înșele.

— Eşti un tâmpit! Pentru că eu am făcut pasul ăsta doar din cauza ta! mă răstesc la el, punând accentul pe ultimul cuvânt şi arătând spre el.

Face un pas spre mine, ca şi când vrea să mă atingă, însă mă dau înapoi şi ridic un deget ameninţător.

— Ţi-am zis că dacă mă mai atingi, te omor şi am vorbit serios!

— În fiecare secundă am regretat că am întors toată povestea împotriva ta, Alexandra, însă îndată ce te-am sărutat mi-am dat seama că nu mai este despre răzbunare, ci este doar acea dorinţă pe care o simţeam faţă de tine de când te-am cunoscut. Dorinţa aia este sinceră şi este reală, iar gândurile mele stupide le-am avut doar câteva minute. Atât! Crede-mă că nu aş fi capabil să te fac să suferi în halul ăsta doar ca să mă răzbun. Te doresc cu adevărat şi sincer cred că m-am îndră...

— Termină cu vrăjelile de genul ăsta! îi întrerup cu dezgust confesiunea, oricât de sincer încearcă să fie. Normal că spui asta acum, doar că te-am prins cu adevăratele tale intenţii! Ţi-ai bătut joc de mine din secunda în care ai păşit în liftul ăla şi nu ţi-a păsat absolut deloc de cum m-aş fi simţit eu dacă eram măritată!

— Cum adică dacă erai? mă întrerupe încruntat.

La dracu'! Sunt atât de nervoasă încât cuvintele ies fără să le mai gândesc.

— Sunt măritată, Bogdan. În ceea ce te priveşte pe tine am o căsătorie fericită şi un soţ perfect, iar tu ai încercat să distrugi asta, din dorința de a-ți dovedi că mă poți corupe. Felicitări! Mi-am învățat lecția. Acum poți să ieși!

Pare că nu s-a prins de scăparea mea și este ultimul lucru pe care vreau să îl afle acum despre mine. Sunt dezgustată de el și mă simt atât de rănită încât vreau să iasă cât mai repede și să fac în așa fel încât să plec imediat din tot biroul ăsta.

— Îmi pare rău că te-am făcut să suferi, Alexandra. Îți jur și-ți repet din nou că dorința de răzbunare a dispărut în secunda în care te-am sărutat și mi-a dat seama că și tu simți la fel pentru mine.

— Nu te amăgi singur, Bogdan. A fost doar o iluzie care a dispărut în clipa în care te-am auzit cum vorbeai cu amicul tău, ca între băieți.

Fac ochii mici și vorbesc scârbită de amintirea cuvintelor lui: „curvă" „trebuie pedepsită".

— Am greșit că m-am exprimat așa...

— Chiar nu înțelegi că nu mai contează? întreb pe un ton disperat de rugător. Nu mai vreau să aud scuze și, dacă s-ar putea, nu aș vrea să mai aud deloc de tine! Dar suntem colegi și din secunda asta aș vrea să ne rezumăm la discuții cât mai scurte, legate DOAR de muncă!

Vorbesc rar și apăsat, punând accentul pe fiecare cuvânt, astfel încât să înțeleagă că trebuie să dispară din fața ochilor mei.

Își pune mâinile în cap și se trage de păr, aplecându-se de la mijloc în față, apoi respiră adânc de parcă nu mai are aer.

— Am dat-o în bară rău de tot... bombăne ca pentru sine.

Îmi încrucișez brațele la piept și încerc să mă calmez. Chipul îi este marcat de-un regret vizibil. Face un pas spre mine, dar mă dau imediat înapoi și se oprește.

— Vreau doar să mă crezi că am fost cu adevărat sincer cu tine din clipa în care te-am sărutat prima dată. Chiar nu cred despre tine acele lucruri urâte pe care le-am spus.

Privesc spre geamul exterior și mă port ca și când nu mă interesează. Undeva, în inima mea, sinceritatea lui lasă un mic semn de întrebare, însă nu mai sunt dispusă să cred nimic.

Vede că nu-i răspund și face un pas înapoi, după care se întoarce și iese, închizând ușa după el.

Rămân singură și mă prăbușesc pe primul scaun. Vreau să plâng, însă mă abțin, pentru că sunt la birou și urăsc persoanele care plâng la locul de muncă. Mi se pare slăbiciune și lipsă de profesionalism. Dar despre ce vorbesc? Am depășit limitele profesionalismului de mult, așa că lacrimile sunt un nimic pe lângă ce-am făcut. Îmi apăs cu putere tâmplele și îmi las capul pe spătarul scaunului. Am făcut o mare greșeală, aruncându-mă în nebunia cu Bogdan, dar acum gata! Povestea se încheie în momentul ăsta și trebuie să redevin eu, Alexandra cea puternică și echilibrată. Fără alte jocuri.

Dacă în fața biroului lui încercând să adun hârtiile din agendă am simțit că mă prăbușesc, acum reușesc să găsesc echilibrul care să mă ajute să mă ridic de pe scaunul ăsta. Îmi vine să fug mâncând pământul, să plâng și să urlu pe stradă, să arunc cu tot ce e în jur, dar mă abțin. Mă mușc de buza de jos să mut durerea din suflet, dar degeaba. Beau cu poftă din paharul cu apă să mă mai liniștesc, dar gândurile îmi sunt întrerupte și inima îmi sare din piept când aud o bătaie în ușa.

Mi-e frică să răspund și pentru că roletele îmi acoperă geamurile, nu pot să văd afară. Cu un ton rece întreb:

— Cine e?

— Eu sunt, aud vocea Mirunei de cealaltă parte a ușii.

— Intră, răspund un pic mai relaxată, răsuflând ușurată că nu s-a întors Bogdan.

— Bună, mă salută ea cu timiditate. S-a întâmplat ceva?

— De ce întrebi? zic, fiind sigură că cineva și-a dat seama de cearta de mai devreme.

Miruna îmi este destul de apropiată. Nu pot să spun că îmi este prietenă, însă mereu mi-a plăcut de ea că a fost sinceră cu mine. Se așază pe scaunul din fața mea, dar înainte de asta îi fac un semn să ridice jaluzelele.

— Spunea cineva că te-ai certat cu Bogdan. De fapt și eu când am ajuns te-am auzit ridicând tonul la el. Nu mi-am dat seama despre ce a fost vorba... S-a întâmplat ceva aseară la cina cu șefu'?

— S-au întâmplat destule ca azi să avem o discuție mai aprinsă. Dar nu trebuie să vă faceți voi griji. O să rezolvăm divergențele dintre noi, fără să fie afectat businessul.

Mă bucur că ea a adus aminte de cina de aseară și că pot să mă folosesc de ieșirea aceea ca de un pretext. Mă las pe spătarul scaunului, încercând să par relaxată, pentru că nu vreau să simtă ea sau ceilalți tensiunea dintre mine și colegul din celălalt birou.

— Mereu am avut impresia că faceți o echipă bună și mi-ar părea rău să văd că nu vă mai înțelegeți.

— O echipă bună mai are și momente de genul ăsta. Sunt sănătoase și o să vezi că și foarte constructive.

— Să înțeleg că totul rău e spre bine?

— Desigur, draga mea, o asigur, zâmbind machiavelic, dar cu încredere. Tot răul spre bine.

Ea zâmbește și pare mai liniștită.

— S-a schimbat ceva la campania de Black Friday?

— Momentan nu, zic, dar posibil să vin cu niște ajustări în funcție de clienți.

Mă ridic în picioare și mă uit în sala mare. Toți din echipa mea sunt prezenți.

Poate că nu mă pricep prea bine la relațiile personale, asta mi-o dovedește tot ce s-a întâmplat în ultimele luni și a culminat cu ultimele zile, însă sunt decisă să mă concentrez pe ceea ce știu sigur că sunt bună: vânzări.

— Hai să vorbim cu toții câteva minute.

Ea mă urmează când ies din încăpere și mă așez cu jumătate de fund pe unul dintre birourile lor și îi strâng în jurul meu pe toți cei din echipa mea.

— Săptămâna viitoare, până vineri seara, trebuie să stabiliți întâlniri cu toți clienții. O să fac tot posibilul să merg cu voi la toate, chiar dacă ne vedem cu ei la noi, ori la ei sau îi putem scoate chiar și la un prânz.

Mă opresc pentru că în acel moment Bogdan iese din biroul lui, vizibil supărat.

— Faceți în rețea un fișier, continui, ignorându-i acestuia prezența, însă observ că se îndreaptă direct spre ieșire. În fișierul respectiv completați de îndată ce stabiliți câte o întâlnire, încercând, pe cât posibil, să nu le suprapuneți, mai adaug.

Ei mă ascultă docili, în timp ce încerc să îmi liniștesc bătăile inimii, cauzate de prezența fugitivă a lui Bogdan și să mă concentrez pe discurs.

— Chiar dacă nu pot să ajung la o întâlnire, oricum voi avea discuții individuale cu fiecare dintre voi, pentru a stabili abordarea clienților în ceea ce privește aceste campanii.

Ei aprobă și mă ridic de pe birou.

— Toți clienții trebuie să fie mulțumiți, așa că nu ne permitem nicio greșeală. Campania care începe în foarte scurt timp, trebuie aprobată de ei cât mai rapid și este doar un preview la cea de Crăciun. Baftă! Vă aștept la mine cu întrebări sau nelămuriri.

Le zâmbesc, iar ei sunt încântați că le ofer tot sprijinul meu.

Mă întorc în biroul meu și așa îmi începe ziua de vineri, mai agitată ca orice altă zi, fiind asaltată de întrebările lor.

La prânz, prefer să plec din firmă și să mănânc singură la un restaurant unde mai merg de obicei. Nimeni nu mă deranjează, iar cei de acolo sunt obișnuiți cu mine, așa că prefer o masă mai rezervată și astfel evit să iau contact cu eventuali cunoscuți.

Poftă de mâncare nu prea am, dar simțindu-mă epuizată psihic, vreau să mănânc ceva dulce. Nu pierd mult timp, pentru că sunt încă destul de agitată și iau doar câteva înghițituri. Prefer să mă întorc la birou pentru că sunt entuziasmată de ceea ce m-am apucat să fac împreună cu ceilalți, însă în același timp aș vrea să fug de acel loc și să îl evit pe Bogdan. Îmi amintesc că după discuția cu mine aproape a fugit din birou și până plecasem eu la masă, el nu revenise. Gândul că sunt îngrijorată pentru el, mă enervează. Nu sunt sănătoasă?! Mă enervez în special pe mine și alung gândurile legate de acest personaj, în timp ce mă ridic și plec spre birou.

Când ajung acolo, observ că are roletele deschise la birou și el este în spatele monitorului mare. Nu știu dacă mă vede, pentru că nu insist cu privirea în acea direcție.

Este trecut de ora două când mă reașez la laptopul meu și văd că am un mail de la el, în care mă întrebă dacă vreau să îmi dau părerea despre bannerele online pe care urmau să le afișeze online. Recunosc că inima mi s-a oprit o secundă când am văzut că am un mail de la el, însă respir adânc pentru a mă liniști și îmi impun să îmi revin și să nu mai reacționez în felul acesta. Trebuie să ajung în starea în care eram de acum trei zile.

Deschid fișierele și îmi par ok. O singură ajustare propun la unul dintre ele, dar nu primesc răspuns.

În câteva minute, un coleg din echipa lui Bogdan vine la mine și mă roagă să îl însoțesc până la calculator și să îi explic cum să facă modificarea solicitată.

Nu este prima dată când procedăm așa și eu mă conformez fără reținere.

Stau aplecată lângă el și îi dau indicații, când lângă noi apare Bogdan. Inima mi se oprește, când îl simt aproape și, fără să vreau, îmi ridic privirea din reflex spre el, și mă blochez. Barba i-a dispărut. Fața lui este din nou luminoasă, în ciuda ochilor triști cu care mă privește. Părul îi este aranjat puțin într-o parte, dar nu este mare diferența pentru că îl are oricum scurt. Dacă și cu barbă mi-a părut atrăgător, acum îmi amintesc de ce am fost mereu atrasă de el. Îmi mut repede privirea la monitor și îi ignor prezența, înjurând în gând corpul și inima care nu se conformează deloc deciziilor mele.

— Am putea să inversăm culorile la scris, sugerează el lângă mine.

Colegul lui încearcă modificarea propusă şi rezultatul îmi place mai mult decât înainte.

— Super, spun politicos şi mă întorc spre el. Mersi de sugestie!

Îi zâmbesc cât pot de natural, însă în ochii mei poate vedea cu adevărat cât de fals este acest zâmbet, menit doar să schimbe imaginea creată de conflictul de dimineaţă, faţă de colegi.

El este puţin surprins şi-l las în spate, întorcându-mă în biroul meu. De data asta, din fericire, nu mă urmează.

Prin geam îl văd cum mă priveşte, însă nu am putere să îi zâmbesc. Îmi citeşte pe chip dezamăgirea şi supărarea, şi-şi lasă privirea în jos.

Am impresia că ziua asta nu se mai termină şi, totuşi, când realizez că deja a trecut de ora şase şi colegii mei încep să plece unul câte unul, încerc să închid cât mai repede şi să îmi văd de drum, până nu rămân din nou singură în compania pericolului care parcă pândeşte din umbră.

Acasă plâng. Plâng cât pot de tare, cu suspine şi lacrimi care îmi udă faţa ore întregi. Vreau să mă descarc de toate durerile şi să îmi pot continua viaţa ca şi când nimic din toate astea nu s-au întâmplat. În weekend nu plec niciunde, aşa că umblu prin casă cu părul nepieptănat şi fără să mă schimb de pijama.

Luni dimineață am programare la salon pentru coafat și manichiură, așa că până atunci îmi permit să fiu o leneșă. Mănânc în pat sau direct pe canapeaua din sufragerie, mulțumită că nu este nimeni lângă mine să mă certe că fac mizerie. Oricum o să vină menajera în câteva zile să facă curățenie, așa că nu mă deranjez să ridic nici măcar o pungă de pe jos. Este weekend-ul meu, leneș și depresiv, primul în mulți, mulți ani și presimt că nu o să fie singurul în viitor.

Singura persoană cu care vorbesc zilele astea este prietena mea cea mai bună, care însă este mutată în Franța și nu am să o văd până la Crăciun, când urmează să vină în vizită la părinți. Este impresionată de povestea mea și mă așteptam la reacția asta.

— Nu te credeam în stare de așa ceva, nebuno, îmi zice șmecherește.

Se pare că totuși o distrează situația mea, însă cred că aveam nevoie de cineva care să privească cu amuzament drama mea.

— Nici eu nu mă credeam în stare, până când... am fost în stare și uite unde am ajuns.

— Ok, tipul a fost un porc că a zis așa ceva, dar nu știu de ce simt că trebuie să îi iau apărarea.

— Ești de partea ursului?! Trădătoareo!

— Hai, hai, nu fi așa tranșantă. Eu nu știu povestea decât din exterior, chiar dacă mi-ar fi plăcut să fiu în locul tău acolo, în interior... El în interior...

INTENȚII INDECENTE

Dau ochii peste cap, cunoscându-i stilul mai pervers de a se exprima. Îi place să glumească, însă când vine vorba de fapte, devine timidă și nu face nimic.

— Trezește-te, Luiza... o întrerup, zâmbind plictisită.

— Iartă-mă, Alex, sunt lipsită de atingerea unui bărbat de aproape jumătate de an, spune cu sarcasm. Iar tu ai avut parte în două zile de mai mult sex decât am avut eu parte în cealaltă jumătate de an. Așa că, dă-mi detalii. Spune-mi amănuntele picante.

Auzind-o când îmi pronunță numele scurt, îmi trec prin fața ochilor imagini ale celui care îmi spunea așa cu câteva zile înainte. Însă nimic nu se compară cu fiorii pe care îi simțeam când el îmi șoptea numele așa.

— Nu știu dacă-mi face bine să vorbesc despre asta și să îmi amintesc toate acele detalii, Liz, zic încet și ea suspină, redevenind serioasă.

— Te înțeleg, însă, pe de altă parte, poate că e mai bine să te descarci de toată încărcătura emoțională și luni, când o să dai din nou cu ochii de el, o să poți să îl privești în ochi mai mult de două secunde.

Are dreptate... cred. Dar trebuie să îl uit.

— Nu are rost, Liz. Nu aș face decât să readuc la suprafață niște sentimente și amintiri pe care încerc să le uit. Mă doare prea tare să vorbesc despre momentele petrecute cu el și, în același timp, să îl urăsc pentru ce a vrut de fapt să facă.

— Alex... tu chiar te-ai îndrăgostit de el...
— Nu mă ajuți deloc... spun amenințător.
— Și totuși, el a zis că a fost sincer cu tine. Tu îl cunoști mai bine, dar ești sigură că nu ți-a spus adevărul?
— Nu îl cred, răspund categorică.
— Pentru că nu ți-a părut sincer sau pentru că ți-e mai ușor să fugi de el și de o eventuală relație cu el?
— Să te f.
Îi zic scurt cu înțeles și ea nu se supără pentru că asta este relația noastră.
— Dacă nu o face nimeni până vin în țară, s-ar putea să te las măcar în dimineața de Crăciun.
— La dracu'... nu am chef deloc de sărbători anul ăsta.
— Nici anul trecut nu ai avut și nu erai singură. Lasă că ne distrăm noi două, poate mergem pe undeva, cât să nu ne simțim singure sau divorțate. Ne avem una pe alta.
Zâmbesc și îi mulțumesc.
— Lasă Crăciunul și răspunde-mi la întrebare: nu a fost sincer cu adevărat sau a fost sincer?
Întrebarea mă blochează ca și prima dată. Simt răspunsul în inimă, însă capul meu îl refuză.
— Să fiu sinceră cu tine, nu are importanță. Este alegerea pe care o fac și anume, să stau departe de el cât de mult pot.
— Cum vrei, Al, însă eu cred că dai cu piciorul la ceva ce poate fi cu adevărat deosebit...

— Nu o să pot să trec peste cuvintele lui. „Nevestele care înșală, sunt curve..." M-a lovit fix în inimă și nu pot să uit așa ceva, mai ales că le-am auzit din gura unui om în care începeam să am mai multă încredere.

— Probabil că și eu aș fi reacționat la fel, dacă eram în situația ta. Tu cunoști situația mai bine decât mine și dacă asta e alegerea ta, atunci o să te susțin și nu o să te mai bat la cap.

— Mersi, Liz! spun cu drag, răsuflând ușurată că, undeva în lume, am pe cineva care mă susține și mă ascultă.

— Cu drag, scumpa mea. Nebunia cu Marius când se termină?

— Avocata mea spune că săptămâna asta o să îmi trimită niște acte la semnat și de-acolo ar mai fi doar câteva proceduri. Ideea e ca până la Crăciun să se încheie totul.

— El te-a mai căutat?

— Ne-am văzut miercuri, la întâlnirea cu notarul și era destul de răvășit. Nu am stat la discuții prea mult, pentru că m-am grăbit să ajung la birou.

— Și uite unde te-a dus asta... Ai căzut din lac în puț, zice ea râzând și, pentru prima dată, sunt în stare să mă amuz din cauza acestei situații.

— Facem haz de necaz, e bine, îi zic și ea râde și mai tare.

Adorm puțin mai relaxată după convorbirea de aproape două ore cu ea. E genul de om care mă face să văd partea bună a lucrurilor şi care mă ajută să mă ridic când sunt jos. Aveam nevoie de ea şi, ca întotdeauna, m-a ajutat şi azi.

Mă trezesc însă în miezul nopţii foarte agitată, ca şi când am visat ceva. Îmi dau seama că este de la stres şi cu greu adorm la loc.

Capitolul 5

Alexandra

Ritualul zilei de luni este același ca în fiecare săptămână: trezit mult mai devreme, însă de data asta cu o ușoară durere de cap, o cafea scurtă să mă trezesc, însă nu pare să-și facă efectul, după care fug la salon, unde sper să îmi recapăt starea de zen și să mă relaxez puțin. Cu un păr care arată superb, mi-e greu să nu zâmbesc în oglindă, apoi zâmbetul dispare amintindu-mi că trebuie să plec la birou.

Bogdan este lângă un coleg din echipa lui și când mă vede, mă urmărește cu privirea, după cum observ cu coada ochiului. Salut pe toată lumea, fără a face o discriminare evidentă.

Același tratament îl aplic și în zilele următoare și sunt încântată că programul îmi este foarte încărcat cu întâlnirile cu clienții. Pe cât sunt de mulțumită de acest lucru, pe atât de obosită mă simt, iar statul peste program pare să devină din nou o obișnuință, oricât de mult m-aș strădui să termin la timp. Însă evit să rămân singură.

În seara asta pierd noțiunea timpului și Bogdan apare în ușa mea. Nu mai este nimeni în biroul mare, iar el profită de asta; privirea îi e pătrunzătoare și amenințătoare. M-a prins.

— Am treabă, spun uitându-mă în calculatorul meu. Pot să te ajut cu ceva?

— Măcar să îmi spui cum te simți. Nu ai vorbit cu mine săptămâna asta.

— Înseamnă că nu am avut ce să îți spun.

Închide ușa în urma lui, chiar dacă nu mai este nimeni în birou, însă, din fericire, nu se atinge de jaluzele.

— Ești încă supărată pe mine, spune cu vocea tristă.

Ochii lui sunt încercănați și pare foarte obosit. Nu l-am văzut deloc zâmbind zilele astea, însă nici eu nu am avut motive să fiu veselă. Pentru o clipă mă bucur să îl văd așa, pentru că astfel am un motiv să mă amăgesc singură de faptul că și el se simte la fel de mizerabil ca și mine. Dar el nu are motive, decât că a rămas fără iubita cu care avea o relație serioasă și, pe lângă asta, nici eu nu mai sunt dispusă să îi iau locul aceleia pentru a-i satisface lui nevoile.

Trag aer în piept și-l eliberez încet și cu calm, calm pe care încerc să îl găsesc undeva în mine când vorbesc.

— Așa cum ți-am mai spus și de data asta vorbesc foarte serios, singurul subiect pe care îl mai putem avea de discutat va fi legat de job-urile noastre și nimic altceva. Iar dacă mai ai măcar o fărâmă de respect față de mine, o să încetezi cu astfel de discuții care încep să devină mult prea deranjante.

El se încruntă.

— Nu mi-am pierdut nicio clipă respectul față de tine. Am făcut o singură greșeală și am fost orbit de prostie pentru o clipă, însă aici nu este vorba de respectul pierdut. Nu eşti rezonabilă, crede-mă! Te încăpăţânezi şi nu vrei să vorbim despre ce se întâmplă cu noi.

— Nu vreau să vorbim, pentru că nu mai avem ce să ne spunem, înţelegi?

— Eu mai am de spus multe, răspunde, punându-şi mâinile în şolduri şi privindu-mă cu ochii mijiţi.

Mă las pe spătarul scaunului şi-l privesc întrebător.

— Serios? Nu crezi că ai spus destule?

— Nu ştiu exact ce-ai auzit, însă vorbeam cu un prieten despre problema pe care o aveam şi am generalizat-o, asta însă nu te viza deloc pe tine. Tu eşti...

Vocea lui imediat se înmoaie şi face un pas spre mine, dar se opreşte.

— Tu eşti altfel. M-ai luat prin surprindere şi mi-ai dat viaţa peste cap în doar câteva zile. Şi mi-a plăcut sentimentul ăla. Atât de mult, încât am îndrăznit să visez că noi doi chiar o să fim împreună.

— Am fost. Ai văzut cum e. A fost ok, acum s-a terminat şi mergem mai departe, îl întrerup, fluturând leneş din mână.

— Nu aşa.

Ridic din sprâncene, neînţelegând ce vrea să spună.

— Am fost împreună, însă nu aşa cum am visat. Nu doar o simplă aventură.

Inima mi-o ia la goană şi stomacul mi se strânge de emoţie. Oare aud corect? El îmi spune că ar vrea să aibă o relaţie adevărată cu mine? El ştie că sunt măritată şi acum vine şi îmi spune că vrea să fie cu mine? Adică să divorţez pentru el? Pentru omul care şi-a tras-o cu mine din răzbunare? Oare e sincer cu adevărat sau nu are cu cine să şi-o tragă şi m-a găsit pe mine pradă uşoară?

— Tu îţi baţi joc de mine? îl întreb, încruntându-mă.

— Sunt cât se poate de sincer cu tine, Alexandra.

Îşi lasă mâinile pe lângă corp şi chipul lui pare să fie sincer.

— Eşti absurd, Bogdan, spun rece, ridicându-mă în picioare. Nu-ţi dai seama ce spui şi cred că ai uitat care e viaţa ta şi care este a mea. Şi cel mai important: chiar dacă aş fi liberă de orice obligaţie matrimonială, tot nu aş fi cu tine!

În timp ce vorbesc, ocolesc biroul şi mă opresc la mai bine de un metru în faţa lui. Inima îmi bate cu putere şi sper că vocea să nu mi se frângă şi să îmi dau la iveală emoţia ascunsă.

— Singura încredere pe care o mai pot avea în tine este cea profesională, însă atât timp cât eu nu pot să stau la birou peste program de teamă că tu o să vii peste mine şi o mă pui din nou într-o situaţie de genul acesteia, atunci chiar avem o problemă. Nu mai vreau să fug de tine şi să te evit, pentru că îmi e ruşine de mine, iar tu să îmi reaminteşti, prin astfel de discuţii, de marea greşeală pe care am făcut-o. Dacă o să continuăm aşa, o să fiu nevoită să fac ceva ce nu-mi doresc şi anume să plec de tot din firma asta.

Cuvintele curg şi, spunându-le, îmi dau seama că aici se poate ajunge, dacă el îmi va aduce în continuare această stare de disconfort. Însă, totodată, îmi dau seama că exagerez. Voit. Deschid gura să îndrept ceva din ce-am spus, să nu pară totuşi situaţia atât de neagră, dar în clipa aia el face un pas înapoi, încurcat, fără să ştie ce să facă.

— Nicio secundă nu am vrut să se ajungă la aşa ceva şi nu m-am gândit că-ţi fac atâta rău, cât să vrei să fugi chiar aşa de mine.

Îşi ridică privirea spre chipul meu, analizându-l.

— Eşti căsătorită şi acum îmi dau seama prin ce-ai trecut în timpul ăsta. Îmi pare sincer rău că te-am rănit, Alexandra.

Vocea lui tristă şi sinceră mă răneşte mai tare. Dar nu cuvintele spuse, ci imaginea pe care o am în faţa mea. Bărbatul puternic pe care îl ştiu, este acum umil şi dărâmat. Niciun actor nu ar putea să joace atât de bine durerea pe care o văd în ochii lui. El m-a rănit pe mine, însă eu, acum, fac acelaşi lucru şi nu mă simt deloc bine, văzându-l aşa.

Şi, pentru o clipă, mă întreb ce s-ar întâmpla dacă i-aş spune că de fapt am divorţat şi că sunt la fel de singură ca şi el. Dacă acum aş lăsa orgoliul şi aş avea încredere în el?! Dacă aş face un pas spre el şi l-aş lua în braţe.

Dar el face încă un pas în spate.

— Promit că nu am să te mai deranjez cu astfel de discuții. Chiar dacă o să fim singuri în toată clădirea, vreau să stai liniștită că nu am să mai fac așa ceva, pentru că nu vreau să te pierd ca parteneră în firma asta.

Se întoarce spre ușă și o deschide, însă înainte să iasă se mai oprește și îmi adaugă.

— Sper ca totuși, într-o zi să mă ierți și să mă crezi când îți spun că am fost cu adevărat sincer.

Se întoarce în biroul lui și eu rămân pe loc, blocată.

E liniște. E liniștea pe care o voiam și acum am obținut-o, însă... nu mă simt atât de bine pe cât aș fi vrut. Mă doare mai tare decât înainte. Mă simt mai confuză decât înainte.

Mă așez, încet, la loc pe scaun și mintea mea derulează din nou și din nou cuvintele lui, discuția noastră.

După minute bune, plec ca un robot spre casă, dându-mi seama că nu am mișcat nicio hârtie în ultima jumătate de oră. Pe drum, nu sunt atentă și la un semafor trec pe roșu, însă din fericire nu produc niciun accident și nu este poliția prin preajmă să mă taxeze. Acasă îmi comand o pizza și las televizorul pe un film, însă nici baia fierbinte și nici laptopul, deschis cu mailuri și prezentări, nu reușesc să îmi alunge gândurile. Sunt ca o fantomă prin casă și când văd că mă sună mama, nu-i răspund, știind că nu sunt în stare să îi ascund starea mea depresivă.

Îi dau un mesaj că sunt foarte prinsă cu treabă și că o să o sun eu în zilele următoare. Știu că asta o să o liniștească măcar o săptămână. Dacă ar fi ceva urgent, ar insista, însă nu o face, deci pot să stau liniștită.

Încerc să mă bag în pat mai devreme decât de obicei, fiind conștientă că o să îmi ia ore bune să adorm și exact așa se și întâmplă. Până când nu îmi fac un ceai cald undeva pe la trei dimineața, nu reușesc să adorm. Chiar și așa, somnul meu este agitat și plin de vise cu atingeri și cuvinte menite să mă tulbure.

Mă trezesc mai obosită ca niciodată și mă bucur că e vineri, ceea ce înseamnă că mă așteaptă un nou weekend în care o să zac pe canapea. Este singurul gând care mă ajută să mă ridic în dimineața asta.

Bogdan

Îmi e greu să o văd, însă nu mă satur să o privesc. Stă lângă masa de lucru a unuia dintre angajați, vorbind cu câțiva de-acolo și îmi place să o văd mișcându-și mâna când le explică, să îi observ acea mișcare fină cu care își dă după ureche șuvița, sau să îi privesc zâmbetul politicos pe care îl afișează în fața colegilor. Este un zâmbet trist și sunt sigur că este din vina mea. Nici înainte nu era cea mai veselă persoană, poate doar la început când am cunoscut-o și când am început să lucrăm împreună. Atunci era mai luminoasă, părea mai fericită. În ultimul timp, am observat-o mai abătută, mai preocupată, însă mereu am presupus că este din cauza volumului mare de muncă, colegi noi, responsabilități și mai multe. Știu asta, pentru că așa m-am resimțit și eu.

Însă azi, tristețea ei știu că este o povară pe care eu singur trebuie să o duc în spate. Nu exclud ca toată povestea noastră să îi fi produs și ceva conflicte acasă, ceea ce mă face să simt fiori pe spate. Chiar dacă mi-aș dori ca ea să fie a mea și numai a mea, suferința ei, pentru a obține o astfel de libertate, nu aș putea să mi-o iert. Dar dacă și ea simte la fel pentru mine și decide să divorțeze, ca să fim împreună, atunci aș fi lângă ea în fiecare secundă și nu aș lăsa-o să simtă regret și suferință nicio clipă.

Dau din cap și aproape că îmi vine să îmi dau o palmă. Ce căcat, visez cu ochii deschiși? Visez imposibilul și asta nu mă ajută cu nimic să îmi țin promisiunea făcută aseară de a sta departe de ea.

Mi-e dor de ea, de mirosul ei, de gustul ei și din nou corpul meu rezonează cu imaginile care îmi străbat mintea și mi se scoală imediat. Este o tortură să o știu atât de aproape și totuși, atât de departe.

Deschid o prezentare și încerc să citesc textele aleatoriu, doar ca să îmi relaxez corpul înfierbântat. Ca să îmi fac de lucru, mă duc la recepție și o întreb pe Ancuța dacă a venit un plic sau colet pentru departamentul meu.

— Așteptați ceva de la curier? Că pot să îl sun și să îl întreb, se oferă ea.

— Nu, nu, spun repede. Adică da, eu aștept, dar nu cred că o să ajungă zilele astea, oricum. Am vrut doar să ies puțin din birou și mi-am amintit și de asta.

Mint, pentru că nu aștept nimic, însă trebuie să fac ceva să îmi omor timpul. Mai beau o gură de cafea din cana pe care am luat-o cu mine fără să îmi dau seama, când ea mă întreabă, foarte zâmbitoare:

— Mai vrei?

Mă uit încurcat la ea.

— Cafea, spune arătând spre cană și întinde mâna spre ea. Oricum mă duc să îmi fac eu una, așa că dacă nu te deranjează să stai două minute pe aici, îți aduc eu.

Propunerea ei pare interesantă, așadar accept, mulțumindu-i și îi fac cu ochiul, ceea ce pe ea o face să zâmbească. Sper că gestul meu să nu fie interpretat aiurea, dar de fel mă consider o fire mai prietenoasă, așa că nu e cazul să mă umflu în pene.

Stau rezemat cu un cot de birou, însă din plictiseală mă duc în spatele biroului fetei cu părul albastru. Niciodată nu am fost curios să o cunosc, dar azi profit de plictiseala mea să fiu indiscret.

Privesc de la distanță, fără să mă ating de lucrurile ei. Zgomotul liftului îmi atrage atenția și mă îndrept imediat de spate când ușile se deschid și spre mine se îndreaptă un tip tânăr, îmbrăcat la costum, foarte elegant.

— Bună ziua, mă salută el formal, zâmbindu-mi. Daniel Popescu de la „Bunea și Asociații", am o întâlnire cu doamna Stoian.

Numele firmei, evident de avocatură, îmi pare foarte cunoscut, însă nu stau pe gânduri pentru că într-o clipă îmi dau seama că am fost confundat cu un recepționist, din moment ce mă aflu în spațiul respectiv.

— Bună ziua, îl salut. Să vină colega din recepție și o să vă anunțe. S-a dus să facă o cafea.

— Mă scuzați, aștept. Nu este nicio grabă, spune politicos.

Profit de ocazie să analizez discret plicul pe care acesta îl are în mână. Este un plic maro, ce pare să conțină destul de multe hârtii și nu pot să nu mă întreb ce treabă are avocatul ăsta cu Alexandra? Știu sigur că nu suntem în proces cu nimeni și mă îndoiesc că o firmă de avocatură ar avea nevoie de serviciile noastre. Dacă vor promovare pe site, trebuia să fiu și eu înștiințat de așa ceva, însă mă îndoiesc că este vorba de asta. Nu-mi rămâne decât să trag concluzia că acest Daniel Popescu este venit cu o treabă personală la Alexandra, dar întrebarea e: ce treabă are un avocat cu ea? Pentru că vreau să îl privesc ca pe un avocat în prezența ei și nu ca pe un bărbat tânăr și foarte aranjat.

Din fericire, Ancuța apare cu cafelele destul de repede și își preia responsabilitățile, anunțând-o imediat pe Alexandra.

— Doamna Stoian o să vină imediat, îl anunță pe acesta și observ că se uită cu coada ochiului la mine.

— Ancuța, întreb eu pentru a trage de timp, de cât timp lucrezi tu la noi?

— De un an și câteva luni, răspunde ea.

— Și în timpul ăsta nu te-a interesat o altă poziție în departamentele celelalte? Că s-au tot eliberat locuri unde sunt sigur că aveai o șansă.

Ea zâmbește rușinată și își lasă privirea în jos.

— Ba, m-a interesat, însă nu cred că sunt pregătită momentan, recunoaște ea. Știu că mai am de învățat și în același timp să termin și facultatea, că sunt ultimul an. Dar după aceea sigur o să aplic.

Observ că Alexandra întârzie, așa că merg mai departe cu întrebările.

— Și mai exact la ce departament ai vrea să ajungi?

Ea chicotește din nou.

— Să fiu sinceră, nu sunt decisă. Îmi place și la marketing, însă îmi place foarte mult de Alexandra. Cred că aș avea multe de învățat și de la ea.

105

— Aşa e, mărturisesc eu.

În clipa aia, din fericire, îşi face apariţia chiar persoana în cauză, care văzându-mă acolo, rămâne blocată. Îşi mută privirea de câteva ori de la mine la avocatul care se ridică imediat de pe canapea când o zăreşte. Alexandra clipeşte des şi face un pas spre tipul care o întâmpină cu un zâmbet foarte luminos pe chip. Îmi vine să mă duc între ei şi să îi dau un pumn în faţa lui rânjită şi să îi umplu de sânge costumul lui impecabil.

— Daniel, îl salută ea, zâmbindu-i vizibil stânjenită de prezenţa mea. Iartă-mă că te-am făcut să aştepţi. Te rog, vino cu mine în birou.

— Nu face nimic, răspunde acesta cu acelaşi zâmbet enervant. Nu am altă treabă pe ziua de azi, deci nu era cazul să te grăbeşti.

Să înţeleg că e cu treabă? Şi atunci de ce se uită la ea ca şi când o dezbracă din priviri? Oare din cauza lui s-a îmbrăcat ea în rochia asta? E neagră, cu nasturi albi, mulată pe corpul ei subţire, până aproape de genunchi şi nu face decât să mă aţâţe şi mai tare.

Îmi dau seama că am rămas ca un prost cu ochii pierduţi în urma ei, dorindu-mi să fiu eu cel care o urmează şi care se bucură de prezenţa ei atât de aproape. Dar eu sunt în recepţie, lângă secretara care pare că îşi face deja de lucru.

— A... spun gândindu-mă la ceva care să închidă discuţia noastră cât mai plauzibil. Sunt sigur că o să faci alegerea corectă. Important este să alegi ce-ți place cu adevărat, astfel încât fiecare zi de lucru să fie o plăcere.

Îi zâmbesc și ea îmi răspunde la fel de zâmbitoare și plec repede de acolo, pentru a închide subiectul ăsta.

Trecând pe lângă biroul ei, unde roletele sunt strânse, o văd împreună cu respectivul individ la biroul ei, semnând niște hârtii. Atât ea, cât și acesta par destul de serioși.

Îmi continui drumul și când ajung în birou, închid ușa în spatele meu, rezemându-mă cu spatele de ea. „Bunea și Asociații". Unde am mai auzit eu numele ăsta?

Îmi scot telefonul din buzunar și caut în agendă dacă am pe cineva salvat cu acest nume. Constat cu dezamăgire că nu am pe nimeni asociat al acestei firme, așa că îl sun pe Vlad, sperând că el mă poate lumina.

— Boss, îl iau repede, ce faci? Ai treabă?

— Nu boss, o frec pe la spălătorie cu mașina. Tu ce faci? Ce-ai pățit? mă întreabă simțindu-mi agitația.

— Auzi, noi știm pe cineva la o firmă de avocatură „Bunea și Asociații"?

— Hmm... stă el să se gândească câteva secunde și apoi plin de entuziasm, răspunde: Ionuț!

— Vărul tău, Ionuț?

— Da! Ai uitat că ne-a dat de băut acum câteva săptămâni că fusese promovat?

Fața mi se luminează și strâng din pumni de fericire că sunt atât de aproape de a găsi răspuns la curiozitatea care mă macină.

— Mai bine de atât nici că se putea! Am nevoie de o informație, care însă e posibil să nu vrea să ne-o dea.

— Ooo, sună interesant. Ia spune!

— A venit aici la firma un tip, Daniel Popescu de la „Bunea și Asociații" și avea treabă cu Alexandra Stoian. Am nevoie să aflu ce treabă are cu ea.

— Cine e tipa?

— E o colegă de-a mea.

— De asta m-am prins, dar de ce interesul acesta pentru ea?

— Află care e povestea cu avocatul și îți spun.

— Este prietena ta?

Face mișto de mine, dar nu am de gând să îi fac jocul și să scap informații care nu îl privesc.

— Aș vrea eu, îi răspund.

— Păi și ce te oprește?

— E măritată, îi spun scurt și-l aud șuierând.

— Bine boss, acum îl sun și te sun înapoi.

Închide și mă uit la telefon. Știu că nu este treaba mea, însă dacă nu pot să fiu lângă ea, vreau măcar să știu ce învârte. Poate pot să o ajut dacă are probleme. Este o scuză stupidă, pe care nici eu nu aș crede-o, dar nu sunt în stare să găsesc una mai bună care să îmi justifice comportamentul.

Stau ca pe ace minute întregi, până când Vlad mă sună înapoi.

INTENȚII INDECENTE

— Boss, am vorbit.
— Și? întreb cu entuziasm.
— Și a zis că poate să afle chiar de la ăla de a venit la tine la birou, dar respectivul se întoarce tocmai luni la firmă și dacă îl sună să îl întrebe, o să pară dubios și nu vrea să riște.

— Oricum, se riscă cu toată treaba asta, zic realizând favorul pe care i-l cer. Cum l-ai convins?

— Eh... zice și parcă îi văd zâmbetul șmecher, mai știu și eu niște chestii pe care mă-sa nu trebuie să le afle...

Nu pot să mă abțin să nu râd de situație, dar în același timp de fericire că luni o să aflu. Sunt nerăbdător și până luni cred că o să o iau razna, dar măcar știu c-o să scap de chestia asta, după ce aflu ce se-ntâmplă.

Stabilesc cu Vlad să ieșim în seara asta să bem ceva și așa încep să îmi fac planuri pentru un weekend cu mult alcool, pentru că am nevoie.

Pentru prima dată după aproape două săptămâni, sunt în sfârșit entuziasmat de ceva. Și bine-nțeles pentru că are legătură cu Alexandra.

Capitolul 6

Alexandra

După primul weekend, ca femeie divorțată și cu toate socotelile cu adevărat încheiate, mă simt mult mai relaxată. Așa cum mi-am propus, mi-am închis telefonul și am dormit până când m-am săturat de somn. Am mâncat numai de la restaurante care făceau livrare la domiciliu și nu mi-a păsat că eram în pijama de fiecare dată când deschideam ușa să îmi iau aprovizionarea adusă sub nas.

Am profitat de liniștea casei mele și m-am gândit mult la Bogdan, chiar dacă aș fi preferat să uit tot ce s-a întâmplat, mi-a fost imposibil să nu mă simt în continuare vinovată pentru starea pe care i-am dat-o.

Dar azi, într-o zi însorită, dar geroasă zi de luni, mă simțeam mult mai bine. Mai liniștită. Colegii mei deja au ajuns la birou, pentru că mai avem puțin timp până la Black Friday și e mult de muncă. Mă uit pe geam la ei, cum muncesc ca niște furnici și îmi dau seama că azi mă simt mult mai optimistă. Sunt cu adevărat fericită că am scăpat de toată nebunia cu procesul și asta mă relaxează foarte tare. Dar prin fața biroului meu trece Bogdan, care îmi aduce aminte de cealaltă nebunie a vieții mele. Mi-a dat puține emoții vineri cu avocatul care venise cu ultimele acte de semnat, însă nimeni nu a pus întrebări și-am scăpat de grija asta.

Îmi amintesc de mama și că nu am sunat-o înapoi nici până acum, așa că iau telefonul și o apelez.

— M-ai uitat de tot, îmi reproșează cu o undă de umor caracteristică ei.

— Sincer, da. Am avut altele pe cap.

— Altele sau alții?

Zâmbesc. Ea e tot cu gândul la prostii. De multe ori mă întreb cine e mama și cine e copilul, pentru că ea câteodată se poartă mai infantil decât Luiza.

— Am semnat ultimele acte pentru partaj și gata. Pot spune că s-a terminat cu toată nebunia.

— Ce mă bucur, draga mea!

Îi simt fericirea din glas și zâmbesc din nou, simțind ușurarea din glasul ei.

— Ai scăpat de tot haosul ăsta, în sfârșit!

— Da, mamă, gata. Acum toate au revenit la locul lor.

— Și cum te simți?

— Liberă, răspund sincer.

— Eh, acum ești liberă să îți găsești pe unul care să te scoată de păr din biroul ăla, să te ducă acasă și să îți facă un copil.

— Mamă! exclam uimită de aberațiile ei.

— Ești încă tânără, Alexandra, dar nu o să mai fie mereu așa. Așa că pune repede mâna pe unul bun.

— Graba strică treaba, mamă. Chiar crezi că după toată povestea asta am chef să mă mărit din nou așa repede?

— Dar cine a vorbit de măritat? Eu vorbesc de unul bun pentru nevoile unei femei și poate, la un moment dat, vine și un copil. E greu ca mamă singură, însă nu este imposibil.

— Te gândești prea departe...

— De acord, spune pe un ton mai înțelegător. Știu că e prea curând, însă un bărbat tot îți trebuie. Nu ai nimic bun pe acolo pe la birou?

Ca la un semn, în clipa aia, îl văd pe Bogdan aplecat peste biroul unui coleg de-al lui. Este îmbrăcat într-un costum albastru închis, smart casual și nu pot să nu îl admir. Sacoul, luat peste un tricou negru, îi scoate în evidență brațele puternice, iar pantalonii, strânși pe șolduri, îmi amintesc de faptul că nu poartă lenjerie intimă. Închid ochii și îmi mut privirea oftând.

— Nu-mi spune că e chiar lângă tine?!

— Cine? întreb repede revenind la realitate.

— Un bărbat bun!

— Nu e lângă mine, dar nici foarte departe, mărturisesc, nevenindu-mi să cred că m-am scăpat cu așa ceva.

— Păi... dă-i bătaie! Pune mâna pe el!

— Bine, mamă, o să și ascult eu de sfaturile tale... spun dându-mi ochii peste cap.

— Corect. Când vreodată ai făcut tu asta?

— Tu ce vești ai? Ce face iubitul tău?

Mama, în comparație cu mine, are o relație serioasă cu un senior. L-a cunoscut în concediul din vară pe care îl petrecea împreună cu prietenele ei în Grecia și soarta i-a scos în cale tot un bucureștean, văduv, care era acolo în concediu împreună cu fiica și nepoții. Sunt amuzanți împreună și se potrivesc foarte bine, având aceleași glume și, de multe ori parcă vorbesc doar o limbă a lor. Nu mă deranja că ea era cu altcineva, pentru că pe partea cealaltă și tatăl meu avea o relație cu altcineva, însă prefera să fie mult mai reținut în a face public acest lucru, în special față de mine.

— Am avut o ceartă cu el săptămâna trecută, dar am cam rezolvat-o.

Tipic lor: se certau azi și a doua zi se împăcau.

— Ce motiv ați mai avut acum? zic, știind că iar a fost ceva prostesc.

— Locurile de veci.

Izbucnesc în râs. Nu mă pot abține.

— Nu mai râde, amețito, că într-o zi și tu o să ai problema asta.

— O să fac partaj și la asta înainte să mor, dacă va fi cazul, râd în continuare, ignorând seriozitatea ei.

— Se pare că tocmai asta e problema la noi. Că are locul de veci luat lângă nevastă-sa și i-am spus că o să îmi fie foarte aiurea să îl înmormântez lângă ea și în viața de apoi să fie cu ea și nu cu mine.

— Mamă, nu crezi că te gândești cam departe, din nou? Și ce te face să crezi că tu o să îl înmormântezi pe el?

— Pentru că el se vaietă mai mult decât mine. Și are și colesterolul mai crescut decât al meu, plus probleme cu inima. Eu sunt mai tânără, așa că pot să am mai multe pretenții, zice cu superioritate în glas, făcându-mă să râd din nou.

— Încetezi să mai râzi de mine? Mă faci să mă simt prost că ți-am spus, se plânge ea.

— Iartă-mă, mă scuz, încercând să fiu mai serioasă. Înțelege-mă că doar ce am trecut un hop destul de greu pentru mine și când te aud cu astfel de probleme, mă amuză să văd că le tratezi cu atâta seriozitate.

— Ai dreptate, zice cu voce mai blândă. Știu foarte bine ce înseamnă un divorț, însă tu bucură-te că nu ai avut copii implicați în toată treaba asta.

Deschid gura să o aprob, însă, ca o furtună, în biroul meu intră Bogdan, roșu la față și vizibil furios. Închide ușa în spatele lui și își pune mâinile în șolduri, așteptând să închid telefonul.

— Mamă, pot să te sun eu mai târziu?

Vocea mea serioasă, o face să înțeleagă că trebuie să încheiem.

— Da, draga mea. Te pup și spor la treabă. Povestim noi altă dată.

— Ok, te pup, spun în timp ce privirea mea este încă prinsă în ochii fixați pe mine.

Și închid.

— Când dracu' aveai de gând să îmi spui și mie că ești divorțată de aproape două luni?!

Rămân cu gura căscată la propriu, șocată de întrebarea lui. Nu pot să îmi dau seama cum a aflat, pentru că am avut mare grijă ca această parte din biografia mea să rămână foarte bine ascunsă.

Mă ridic confuză de pe scaun, în timp ce el mai face un pas spre mine, așteptând un răspuns. Dar nu îl am. Mă simt vinovată că i-am ascuns un lucru care pentru el se pare că are o mare importanță, judecând după reacția pe care o are acum, însă mă simt mai vinovată pentru că a aflat din altă parte, când cel mai indicat era să afle de la mine.

Și totuși...

— Cine ți-a spus asta? îl întreb încet.

— Nu asta are importanță acum! spune nervos, ocolind biroul și oprindu-se lângă mine. Nu crezi că trebuia să știu și eu aspectul ăsta al vieții tale?

— Viața mea personală nu a fost vreodată subiect de discuție între noi! Și cred că ce s-a întâmplat săptămâna trecută este o dovadă în plus că nici nu te interesa prea tare, doar dacă nu cumva...

Fac o pauză, privindu-l fix și ceva foarte dureros mi se conturează. Continui, însă fac un pas înapoi.

— Tocmai ăsta a fost motivul pentru care mi-ai tras-o, nu-i așa? Că eram măritată. Dacă știai că sunt divorțată, nici nu te uitai la mine.

Chipul îi e străbătut de un fior.

— Mereu m-am uitat la tine, însă nu am îndrăznit să te doresc decât în vise, pentru că în realitate știam că nu am voie să te ating!

— Și totuși ai făcut-o, îi arunc o privire cu dispreț.

— Și acum chiar nu am niciun motiv să regret!

Privirea lui devine din ce în ce mai pătrunzătoare. Mai fac un pas în spate, dar el face unul spre mine și astfel distanța dintre noi mai mult se micșorează.

— Divorțată sau nu, asta nu schimbă cu nimic situația între noi doi. Nu uita că eram divorțată și în ziua în care ți-am spus că mica noastră aventură s-a terminat.

Însă el schițează un zâmbet în colțul gurii, un zâmbet care ascunde mai mult decât îmi pot da eu seama.

— În primul rând, asta schimbă foarte mult situația între noi, spune arătând cu degetul de la mine la el. Iar în al doilea rând, dacă stau bine să mă gândesc, nu ai spus niciodată că între noi s-a terminat ceva. Tu doar ai spus tare și răspicat că nu mai vrei să mai discutăm.

— E același lucru!

— Același lucru cu „sunt" și „nu sunt divorțată"? Tu ai idee cum m-am simțit după primul nostru sărut, știind că m-am dat la o femeie măritată, sau cum m-am simțit după ce am conștientizat că sunt îndrăgostit de o femeie care aparține altui bărbat? Aproape am venit în genunchi la tine și ți-am cerut să divorțezi și ți-am spus că vreau să fii cu mine! Măcar atunci puteai, în pula mea, să îmi spui adevărul!

Durerea din glasul lui frânt mă face să mă simt și mai vinovată. Are perfectă dreptate, însă este prea târziu să mai repar lucru ăsta. L-am mințit și l-am rănit, așa cum a făcut și el cu mine.

Respir adânc, închizând ochii o clipă pentru a-mi recăpăta echilibrul pe care aproape că îl pierd.

— Acum suntem chit, spun încet, făcându-l să se încrunte și să își mijească ochii. Nu am vrut să te rănesc sau să te fac să crezi că am avut un gând ascuns în a păstra secretă situația mea matrimonială și cu toate astea ți-am făcut rău. Ne-am rănit unul pe celălalt și nu mai este cale de întoarcere.

— Eu nu vreau să mă întorc, Alex, spune cu voce răgușită, lăsându-mă să simt dorința din glasul lui. Eu vreau să continui. Vreau să ne iertăm unul pe celălalt și să încercăm să facem ceva real din ceea ce simțim.

Întinde o mână spre mine, mângâindu-mi brațul, însă fac un pas în spate și apoi ocolesc biroul pentru a mări mai mult distanța dintre noi. Atingerea lui încă o simt ca o rază fierbinte pe pielea mea, însă mi-e frică. Mi-e prea frică să mă las pradă sentimentelor, să mă las purtată de valul pe care el vrea să mă conducă. Relație cu el? Nu știu dacă vreau asta, dacă sunt pregătită să intru într-o nouă relație.

— Totul se întâmplă prea repede, Bogdan și s-au întâmplat prea multe în ultimul timp.

Îmi frământ agitată mâinile și, din reflex, îmi dau seama că mă joc cu micul inel pe care îl port în locul verighetei. Și mă opresc. Îmi ridic privirea spre el și știu că este timpul pentru o ultimă minciună.

— Și mă tem că ai înțeles greșit, pentru că eu nu am aceleași sentimente ca și tine.

Mă taie cu privirea atât de adânc, încât o simt până în măduva oaselor.

— Iar te porți ca o încăpățânată și nu vrei să recunoști? mă întrebă cu o voce ca un tunet.

— Nu am ce să recunosc, Bogdan. Vorbesc foarte serios când îți spun că pentru mine ce-a fost știu că s-a încheiat definitiv. Iar dacă nu am spus-o până acum, iată o spun.

Seriozitatea din glasul meu mă surprinde și pe mine, neștiind că sunt capabilă să mint în asemenea hal.

— Deci, asta este ceea ce vrei să mă lași să cred.

— Asta este adevărul.

— Pe care eu nu îl cred.

INTENȚII INDECENTE

— E problema ta.
— Ești sigură că asta e ceea ce vrei cu adevărat să mă lași să cred?
— Da.

Răspund poate prea repede, însă nu mai contează. El pare că se conformează deciziei mele și trece pe lângă mine, oprindu-se în dreptul ușii.

— Fiecare are dreptul la o opinie și la o decizie în ceea ce îl privește pe celălalt.

Cuvintele lui sună ca o promisiune și îmi dau un sentiment ciudat de nesiguranță.

— Decizia trebuie să fie unanimă.
— Corect, însă eu nu sunt de acord cu ea.
— O să fii de acord, pentru că nu ai altă variantă.

Îmi împreunez brațele pe piept, adoptând o atitudine categorică, însă el îmi aruncă un zâmbet ironic în colțul gurii.

— Și dacă eu îți spun că minți și astfel nici tu nu ai altă variantă decât să accepți ce este între noi?
— Ești absurd!
— Atunci, hai să vedem care îi mai absurd dintre noi.

Bogdan

Mă abțin să nu trântesc ușa în spatele meu, așa că prefer să o las deschisă. Spre biroul meu, încerc să merg cât mai relaxat, chiar dacă toți idioții ăștia se uită la mine cu coada ochiului, bănuind că ceva s-a întâmplat din nou între mine și Alexandra. M-aș întoarce acum spre ei și le-aș spune tot adevărul, numai să le văd fețele lovite de șocul veștii. Prind privirea unuia din echipa mea, care mă urmărește fix și mă opresc lângă biroul lui.

— Tu nu ai treabă?

Revine imediat cu nasul în calculator, ca și cum i-am tras o palmă și l-am trezit din hipnoză, iar gestul lui este urmat de toți ceilalți care mă urmăreau cu privirea.

— Marketing-ul! strig tare încât să mă audă toți. Mâine la ora patru e ședința la care fiecare să îmi vină cu câte o idee nouă de promovare pentru campania de Crăciun! Este timpul să arătăm clienților noștri că pot avea încredere în noi, pentru că noi suntem cei care avem dreptate și se pare că știm ce este mai bine, chiar și pentru ei.

Le vorbesc cu încredere și superioritate, destul de tare încât mesajul meu cu înțeles dublu să fie auzit și de Alexandra, care a rămas cu ușa deschisă.

Vestea nu e bună pentru ei, însă aveam nevoie de ceva ca să îmi transmit încă odată mesajul, tare și răspicat.

Cu ocazia asta le-am dat o direcție în care să meargă bârfele curioșilor.

Mă închid în birou și ignor văicărelile colegilor pe chat-ul intern, despre timpul prea scurt pe care îl au la dispoziție și despre faptul că deja era stabilită campania pentru Crăciun și de ce vreau să o schimb acum.

Pentru că vreau să schimb totul. Dar, în primul rând, pentru că simțeam nevoia să pedepsesc pe cineva. Voiam să o pedepsesc pe Alexandra pentru că refuză să accepte că între noi e ceva și că ea simte la fel ca și mine, așa că mi-am vărsat frustrarea pe ei. Știu că greșesc, însă în clipa aceasta nu-mi pasă. Am nevoie de activitate să îmi iau gândul de la ființa fierbinte care este la câțiva metri de mine. Să uit pielea ei fină, care ar putea fi atinsă de mine și numai de mine. Și când mă gândesc că ea, în tot timpul ăsta, s-a dus acasă unde a dormit singură, în timp ce putea să doarmă în brațele mele, iar asta o va face și în noaptea asta, mă apucă toți nervii. Nu pot să nu mi-o imaginez într-un pat mare, goală sub cearșafurile mătăsoase, în timp ce mâinile mele o caută încet printre țesătura moale, mângâind-o ca un fulg și descoperind fiecare centimetru al pielii ei fine, începând cu glezna subțire, urcând încet spre interiorul coapsei și descoperind că este la fel de umedă ca și până acum, limba mea să o lingă și să o guste cu poftă, până când ea explodează de plăcere.

Așa vreau să o pedepsesc, de fapt. În fiecare zi, mereu și mereu, să mă pierd în ea și să o fac să explodeze până când rămânem fără aer.

Oh, Doamne...

Nu e nici măcar prânzul și deja am o erecție care începe să devină dureroasă. Ce o să mă fac eu cu femeia asta? O doresc atât de tare, iar acum știind că e liberă și că poate fi a mea, mă înnebunește și mai tare. Iar ea mă respinge. Știu că minte, pentru că tot corpul ei îi contrazicea fiecare cuvânt. Pupilele dilatate, respirația agitată, tremuratul din voce, toată acea agitație îmi arată că simte altceva. De ce nu recunoaște asta, este altă poveste.

Foarte posibil să fie din cauză că am aflat de divorțul ei și am fost prea dur cu ea... Nu știu... Pot să fie multe și poate nu e nimic din astea. Poate că, pur și simplu nu vrea să mai aibă de-a face cu mine, chiar dacă și ea simte acea atracție existentă între noi.

Nu am să las lucrurile așa, sunt sigur de asta. Am să îi dovedesc că eu sunt cel care poate să o facă fericită și am să o fac să-și amintească cât de bine se simte când o ating. Nu vreau să renunț la ea. Nu pot.

Momentan însă, încerc să îmi bag nasul prin mailuri și să mă concentrez puțin pe treabă. Orice, numai să scap de încordarea din corpul meu, până când nu vine cineva și îmi vede umflătura din pantaloni. În stilul acesta, voi fi nevoit să încep să port din nou boxeri, iar asta nu e deloc pe placul meu. Am renunțat la lenjeria intimă de câțiva ani, însă niciodată nu a fost o problemă, așa cum o resimt acum sau, mai bine spus, cum am simțit-o în ultima săptămână. Mă las pe spatele scaunului și nu pot să nu zâmbesc. La dracu'... ce face femeia asta din mine...

La prânz, dispare din sediu, ceea ce mă face să cred că s-a dus la masă. Știu locul unde merge de obicei, însă nu vreau să insist. Sigur are nevoie de puțin spațiu și dacă fac prea multe presiuni, risc să devin deranjant și chiar enervant pentru ea.

Așa că azi decid să nu o mai deranjez și să o las să se liniștească.

Restul zilei și-l petrece mai mult plecată în diferite întâlniri, iar eu nu pot decât să stau cu ochii pe geam și să aștept ca ea să se întoarcă. Chiar și o clipă când o văd trecând prin sediu, mă mulțumește. Apoi se închide în biroul care încă a rămas cu roletele trase și mă întristez imediat.

Plec la o întâlnire destul de importantă și gândurile mele se risipesc pentru câteva ore. Într-un târziu, ajung acasă și în apartamentul gol îmi dau seama cât de mult s-a schimbat viața mea într-un timp atât de scurt. Diana a dispărut total din peisaj, așa cum a dispărut orice sentiment pe care îl aveam pentru ea. Totul datorită Alexandrei, care, cu un sărut, mi-a deschis ochii și parcă m-a trezit la realitate. Nu regret nimic din ce-am făcut, pentru că doar așa am realizat că eram fascinat de ea de mai mult timp decât eram eu pregătit să recunosc.

Încerc să fac un plan sau o listă cu lucruri care ar putea să o aducă în brațele mele, însă știu că orice plan în prezența ei poate lua o altă întorsătură, așa că decid că pașii mici sunt cei mai potriviți.

Pentru început, a doua zi dimineață mă opresc la Starbucks de unde iau două cafele, una fiind pentru Alexandra. În fața liftului mă uit în reflexia mea din ușile metalizate și zâmbesc cu încredere. Sunt fresh, ras, aranjat la dungă, într-un costum la fel de elegant cum a fost cel de ieri, însă azi nu mai am un aer casual, ci unul serios și periculos de sexy. Pentru că așa mă simt, iar ea o să vadă asta.

Cu un zâmbet ștrengăresc, salut pe toată lumea, ignorându-le privirile admirative. Mă îmbrac rar așa, doar când am întâlniri foarte importante, însă azi chiar dacă nu mă văd cu un client, Alexandra este mult mai importantă. Mă îndrept spre biroul ei și, din fericire, roletele sunt ridicate, ceea ce înseamnă că pot să o văd prin geam chiar și din biroul meu. După un ciocănit scurt în tocul ușii deja deschisă, intru fără să aștept răspunsul ei.

— 'Neața! îi spun, privind-o în ochi și zâmbindu-i.

Este luată prin surprindere de intrarea mea și îmi răspunde un „bună" plin de incertitudine. Fără un alt cuvânt îi pun încet cafeaua în față și după ce îi fac cu ochiul, mă întorc pe călcâie și ies din încăpere, lăsând-o să îmi admire posteriorul.

Până acum totul a mers așa cum am vrut. Acum îmi doresc să iasă din biroul ăla și să o pot admira măcar de la distanță. Este ca o doză de care am nevoie, să o văd cât mai mult, iar cele cinci secunde de mai devreme nu mi-au fost de ajuns.

Din fericire, dorința mi se îndeplinește, la scurt timp după aceea, când se duce la biroul unei colege și discută cu aceasta câteva minute. De ajuns să o pot vedea în toată splendoarea ei. Formele evidențiate de fusta gri până la genunchi, cu o spărtură tentantă la spate, cămașă albă cu nasturi închiși până la gât, care nu fac decât să îi evidențieze sânii al căror gust parcă îl resimt în gură și de care îmi e dor. Își dă din nou părul după ureche cu același gest elegant, când se apleacă spre calculatorul din fața ei și mă las pe spatele scaunului relaxat, ca și când mă uit la un film captivant.

Apoi pleacă din nou din clădire și sunt bosumflat ca un copil care o așteaptă din nou să revină. La prânz, plec și eu să mă întâlnesc cu Vlad, să îi fac cinste pentru informația obținută. Însă nu mă întind la prea multă vorbă, pentru că îi sunt dator cu o explicație legată de Alexandra, pe care nu vreau să i-o dau. Îi spun doar că sunt interesat de ea, dar să nu facă glume pe acest subiect pentru că nu este cazul.

— Te porți ciudat, îmi spune ridicând o sprânceană. Nu știu dacă te-am văzut vreodată așa preocupat de ce spun eu legat de o femeie cu care nu ai nicio relație.

— Este colega mea și o respect, așa că vreau să o respecți și tu.

— Să fiu al dracu'! zice și se lasă pe spătarul scaunului, zâmbindu-mi impresionat. Ești aprins bine după tipa asta!

Nu comentez și prefer să îl ignor, continuându-mi prânzul.

— Man, sunt impresionat, zice mâncând și zâmbind pe sub mustață. În primul rând, ai depășit total starea pe care o aveai mai săptămâna trecută și deja descopăr că te-ai îndrăgostit.

— Cred că mereu am fost îndrăgostit de ea.

Îndată ce spun asta, îmi dau seama că trebuia să tac, altfel el nu o să mă mai lase în pace niciodată. Însă rămâne șocat și spre surprinderea mea se abține să facă o glumă proastă.

— Tu chiar vorbești serios.

— Așa aș zice.

— Proaspăt divorțată, tu proaspăt despărțit, ai cale liberă!

— Nu e chiar atât de ușor.

— Păi?

— E mai... reticentă, spun, încercând să nu dau alte detalii.

— Păi, în pula mea, doar ce a divorțat, zice cu gura plină. Poate că ăla a înșelat-o sau cine știe ce s-a întâmplat și acum ea nu mai are chef de bărbați un timp. Femeile nu sunt ca noi, care după o dezamăgire în dragoste căutăm imediat satisfacție în brațele alteia. Ele se închid în cochilia lor unde își ling rănile, până când sunt pregătite să iasă din nou la vânătoare.

Și atunci mă lovește. Un alt motiv pentru care ea mă respinge: pentru că-i e frică. Și din toate de până acum, acesta îmi pare cel mai plauzibil.

Şi nici eu nu am fost cel mai de încredere om în această săptămână, aşa că are toate motivele să fugă de mine.

— Eşti genial, omule, îi spun, fericit ca şi când am descoperit America. Cum de ştii atâtea despre femei şi totuşi eşti singur?

Întrebarea mea este pusă cu ironie, bineînţeles.

— Când trăieşti cu o soră mai mare şi una mai mică, auzi multe... Chiar mai multe decât îţi doreşti, zice cu o falsă amărăciune, care mă face să zâmbesc.

Când mă întorc la firmă sunt bine dispus şi entuziasmat ca şi când am elucidat misterul. Îmi stabilesc nişte criterii pe care să le respect în prezenţa Alexandrei: să fiu calm, atent şi zâmbitor. Vreau să o bine dispun şi să o fac şi pe ea să zâmbească, pentru a fi relaxată în prezenţa mea. Trebuie să o fac pe ea să vină spre mine şi pentru asta am nevoie de multă răbdare. Ideea pe care am avut-o dimineaţă cu cafeaua a fost perfectă şi s-a potrivit strategiei pe care o am acum în minte. Şi, în primul rând, trebuie să îi dovedesc că poate să aibă încredere în mine şi că îmi doresc cu adevărat să fiu cu ea. Cum o să îi arăt asta, o să văd pe parcurs.

Dar viaţa poate fi imprevizibilă şi mi-o dovedeşte când, ajuns în faţa clădirii de birouri unde aveam sediul, o văd pe Alexandra la câţiva metri distanţă. Fac un pas să mă îndrept spre ea, pentru că îmi dau seama că nu mă vede din cauza oamenilor din jur, însă mă opresc brusc. Nu e singură. Spre ea vine Marius, soțul ei, care îi zâmbește și o sărută fără ezitare. Apoi o ia de mână și amândoi urcă într-o mașină oprită pe marginea trotuarului. Sunt blocat. Ce dracu'?! Parcă divorțaseră! Intru în clădire, confuz, amețit și foarte nervos.

Milioane de întrebări îmi trec prin minte, dar cea care mi se repetă cel mai des este dacă tot gestul a fost de imagine, pentru că nu vor să se afle încă despre divorțul lor sau în cele două luni și-au dat seama că vor să se întoarcă unul în brațele altuia?

Gestul lor a fost prea natural, sărutul nu a fost unul lung, însă nu am văzut-o să îl respingă.

Nu mai înțeleg nimic. Dacă ieri nu aș fi aflat că au divorțat, acum nu aș fi bănuit că așa ceva s-ar fi întâmplat între ei.

Stau ca pe ghimpi și mă uit la ceas din cinci în cinci minute așteptând întoarcerea ei. Mai am o oră până intru în ședință cu ai mei și timpul parcă stă pe loc. Nu mai am răbdare, așa că dau buzna în spațiul lor.

— Cum stați cu programul? Putem să mutăm ședința în zece minute?

Tonul meu, ca un tunet, îi crispează pe unii dintre ei, însă nu mă interesează. Nu-mi stă în caracter să fiu dur, însă zilele astea îmi recunosc că nu am fost foarte corect. Sunt foarte agitat și vreau să îmi iau grija de la povestea asta, ca să mă pot concentra pe cea cu Alexandra.

Sunt încă în ședință când mă uit la ceas și îmi dau seama că au trecut mai bine de trei sferturi de oră de când ea a plecat cu fostul soț. Abia pot să mă concentrez pe ce prezintă fiecare coleg în parte, dar reușesc să îmi păstrez profesionalismul și să îmi aduc aportul la propunerile lor. Ei sunt relaxați și eu încerc să le dau același sentiment, chiar dacă pe interior fierb. Însă când o văd că se întoarce, aproape sar de pe scaun și mă ridic în picioare, ca și când vreau să îi arăt că o văd și privirea mea tăioasă să îi dea de înțeles că am văzut-o. Că știu.

Ea mă observă și rămâne cu privirea asupra mea o clipă, apoi își continuă drumul, intrând în biroul ei. Închide ușa și se așază liniștită pe scaun, urmându-și cursul normal al activității.

Încă în picioare reușesc să spun niște aberații care să îmi acopere gestul subit. Mai sunt doi colegi care trebuie să prezinte ideile și făcând un calcul, ar însemna încă douăzeci de minute, cel puțin.

Mă lovește gândul că ea ar putea să plece în timpul ăsta și eu să nu pot discuta cu ea. Așa că, fiind încă în picioare, mă scuz la ceilalți, spunându-le că luăm o pauză de două minute și ies ca o furtună din sală, ducându-mă în biroul ei.

Bat în ușă și intru fără să mai aștept răspuns, iar ea își ridică privirea spre mine, ușor surprinsă.

— Mai pleci pe undeva în următoarea ora? întreb direct și serios.

— Nu chiar, răspunde cu ezitare. De ce întrebi?

— Vreau să te întreb ceva.

— Întreabă-mă acum.

— Nu am cum, răspund ezitând. E mai mult de discutat.

— Vine un client de-al Mirunei la ora patru și jumătate și mai am ceva de pus la punct cu ea până atunci. Dacă vrei, vorbim după aceea, dar nu știu la cât o să terminăm.

— Vrei să îți eliberez sala?

— Nu e nevoie, o să ne strângem aici.

— Ok, atunci vorbim după ce termini, dar o să ieșim din sediu.

— Mergem la un client? e vizibil încurcată și știu că o să îmi fie greu să o conving să meargă cu mine într-un loc ferit de ochii altora, unde să pot să îi pun toate întrebările care mă macină.

— Nu, răspund calm, dar deja colegii noștri o iau razna când ne văd că discutăm și nu vreau să le dau și mai multe motive de suspiciune.

Nu știu dacă explicația mea este plauzibilă, însă pare că a reușit să o convingă, măcar un pic. Oftează și răspunde.

— Hai să vedem când termin întâlnirea și vorbim atunci.

— Ok.

Ies din încăpere, închizând ușa în spatele meu și mă întorc în sala de unde dau startul la ultimele prezentări.

Mă simt puțin mai liniștit, însă tot sunt măcinat de dilemele anterioare. Planul meu de a trata situația cu calm s-a dus dracu'. Așa cum eram sigur că se întâmplă cu orice aș planifica legat de ea. Sper doar ca discuția noastră de azi să nu se anuleze și astfel să îmi prelungesc agonia și mai tare. Dar mai mult ca sigur ea bănuiește cam în ce direcție va merge conversația noastră și probabil că va încerca să o evite.

După jumătate de oră terminăm ședința și toată lumea se întoarce la treabă. Ea este în biroul ei împreună cu Miruna.

Oftez. Toată treaba asta se lungește al dracului de mult și începe să mă calce pe nervi. Și nu mă ajută deloc să mă concentrez pe munca mea pe care simt că o neglijez într-o perioadă destul de aglomerată și importantă pentru firmă. Nu-mi permit greșeli, însă continui să fiu pe muchie de cuțit și să devin delăsător. Nu-mi stă în caracter. Alexandra mă afectează mai mult decât mi-aș fi închipuit vreodată. Și știu și de ce: pentru c-o doresc foarte mult și simt că-mi scapă printre degete.

Capitolul 7

Alexandra

Privirea lui Bogdan, când am ajuns în sediu, mi-a confirmat faptul că a aflat ceva ce nu aș fi vrut să știe. Iar faptul că vrea să discute cu mine în afara sediului, nu face decât să îmi întărească această convingere. Îmi frec tâmplele cu putere simțindu-mă epuizată.

Marius este un încăpățânat care nu mă ajută deloc să trec peste toată această perioadă. Totul a început cu un telefon venit după prânz.

— Sunt în zonă, ne putem vedea la o cafea scurtă? m-a întrebat cu o voce mieroasă.

— Sunt puțin cam ocupată, Marius. E o perioadă foarte aglomerată pentru mine.

— Alexandra, ți-am spus că vreau să rămânem prieteni. Prieteni buni. Așa că, de dragul a ceea ce a fost între noi până acum, măcar atât poți să faci pentru mine, să accepți o cafea și să vorbim puțin.

— Abia am ajuns la birou și în câteva ore o să am o întâlnire cu un client important. Dacă poți să ajungi acum, reușesc să fug puțin, cedez fără entuziasm.

— Ești o dulceață! Acum plec și în cincisprezece minute sunt la tine. Îți scriu când ajung, să nu mai urc eu, că pierdem timp.

Face o pauză, apoi întreabă încet:

— Apropo, colegii tăi știu despre noi?
Ezit să răspund, pentru că va trebui să îl mint.
— Nimeni nu știe nimic.
— Atunci o să mă port ca și când nimic nu s-a întâmplat, în cazul în care ne vede cineva.

Pe moment nu știu la ce se referă, însă când coboară din mașină și vine direct spre mine și mă sărută, cum nu o făcea niciodată, îmi dau seama că totul a fost un plan bine pus la punct.

— Nu trebuia să faci asta, îi zic serioasă și el zâmbește.
— Am îmbinat utilul cu plăcutul, zice zâmbind și îmi face cu ochiul.

Apoi mă ia de mână și mă conduce spre mașină.

— Dacă erai la fel de afectuos și în timpul căsniciei noastre, probabil că încă eram căsătoriți și acum, îi zic în timp ce pornește motorul și plecăm.
— Am greșit foarte mult. Am greșit și față de tine.

Vocea lui devine puțin mai serioasă.

— Am pornit de mult timp pe drumuri diferite și amândoi am greșit că ne-am dat seama prea târziu de asta.

Schimbă subiectul pentru moment, întrebându-mă cum mi-a fost ziua, ca și când nu ne-am văzut de câteva ore. Această lejeritate în conversații îmi lipsea. Mi-a lipsit și în ultimii ani, iar acum, văzându-l așa, mă face să mă gândesc la cum am fost cândva: îndrăgostiți, implicați în activitatea celuilalt. Dar asta a fost cu mult timp înainte.

Ne oprim la o cafenea la nici cinci minute de firmă. Puteam veni și pe jos, însă nu avea unde să lase mașina când m-a luat. Oricum decid ca la întoarcere să vin singură, pe jos.

Aproape că nu vorbim până când chelnerița ne ia comanda și abia după ce pleacă, el își exprimă adevărata intenție:

— Mai vreau o șansă.

Citeam un mail când am fost lovită după ceafă de cuvintele lui. Las încet telefonul pe masă și îmi ridic privirea spre el.

— Puteai să îmi zici asta la telefon și te scuteam de tot drumul.

— Mi-e dor de tine, Alexandra, spune cu o voce sinceră. Mi-am dat seama unde am greșit și unde drumurile noastre s-au separat, așa cum le spui tu și sunt convins că dacă mai încercăm o dată, o să fie altfel. O să fie mai bine.

Încearcă să-și pună mâna peste a mea, însă prefer să mi-o întind după ceașca cu cafea.

— Marius, eu nu vreau să îmi fie mai bine. Eu vreau să îmi fie extraordinar de bine, iar ce s-a întâmplat în ultimii ani au stins acea dorință care a fost cândva între noi. Și trebuie să recunoști că atitudinea ta din ultimele luni de proces nu m-a ajutat deloc.

— Tocmai de aceea îți spun că am greșit enorm și cred că trebuia să încep cu asta, așa cum ți-am zis și la ultima înfățișare de săptămâna trecută. Te rog să mă ierți că am fost un idiot. Nu trebuia să vin nici măcar o secundă cu pretenții asupra casei părinților tăi. Deja o făcusem lată când mi-am dat seama că am greșit enorm și tocmai de aceea am dat înapoi.

— Oricum era o bătălie pierdută de tine încă de la început. De unde știu că nu asta ai conștientizat cu adevărat și apoi te-ai decis să bagi povestea cu vinovăția la înaintare?

— Pentru că mă cunoști prea bine ca să știi că nu sunt genul ăsta de om, să alerg după banii tăi.

— Și atunci de ce ai făcut-o?

Oftează.

— Eram rănit, Alexandra. Și totodată disperat să găsesc orice metodă care să te mai țină lângă mine.

— Ai fost egoist, Marius și m-ai rănit făcându-mă să văd o altă față a ta care nu mi-a plăcut.

— Primul pas pe care vreau să îl facem este să mă ierți.

Iau o gură de cafea să mă liniștesc, pentru că îmi vine să râd. Sunt obosită și toată situația mi se pare atât de aiurea. Acum câteva zile aproape că sărbătoream că am scăpat de tot haosul creat de el și acum deja vine să îmi spună că vrea să o iau de la capăt și să fiu din nou cu el.

— Primul pas spre o prietenie sinceră și, sper, cu întâlniri mult mai rare.

Rămâne blocat și zâmbește ca și când nu a auzit bine.

— Ce vrei să spui?

— Marius, zic, privindu-l blând și vorbindu-i calm, ești primul bărbat pe care l-am iubit mai mult decât pe mine. Dar am crescut. Atât eu, cât și tu, am crescut în direcții diferite, iar eu abia zilele astea am simțit că mă mai liniștesc un pic și că reușesc să mă ridic după toată perioada asta care... m-a epuizat atât de tare, încât mi-am pierdut și mințile!

Gândurile mă poartă spre Bogdan. În dorința mea de eliberare de toată această tensiune, îmi dau seama că și eu m-am folosit de el.

— Ai dreptate, spune el repede, dând înapoi. Ți-am provocat niște răni care au nevoie de timp pentru vindecare.

Îmi zâmbește cald și pare sincer când continuă:

— Dacă o să simți nevoia să vorbești cu cineva, chiar și ca prieten, voi fi lângă tine. Am să încerc să lucrez la a-mi canaliza sentimentele pentru tine în această direcție, până când o să fii pregătită să încercăm din nou. Sunt sigur că o parte din mine o să te aștepte mult timp.

Îi zâmbesc mulțumindu-i pentru cuvintele frumoase, chiar dacă nu fac decât să mă pună într-o situație un pic stânjenitoare. Nu mă ajută cu nimic comportamentul lui frumos, când eu de fapt îmi doresc să mă distanțez cât mai tare de el. Nu face decât să îmi dea sentimente de nesiguranță față de acțiunile mele din ultimul timp.

E rândul meu să încerc să schimb subiectul și să nu o mai lungesc prea mult. Vreau să ajung înapoi la birou, unde am multă treabă, chiar dacă nici acel loc nu îmi mai oferă confortul obișnuit, atât timp cât Bogdan continuă să vină îmbrăcat cum a venit azi.

Mă las pe spatele scaunului și închid ochii câteva secunde. Sunt obosită psihic și mă simt fără putere. Mă aplec asupra laptopului și încep să citesc un mail, când aud un ciocănit în ușă și imediat apare Bogdan.

Doamne, cât de bine poate să arate în costumul albastru închis, cu dungi subțiri, părul aranjat, tenul lui luminos și curat, ochii... Ochii îi sunt aspri și serioși.

— Mai pleci pe undeva în următoarea oră? mă întreabă luându-mă prin surprindere.

— Nu chiar. De ce întrebi?

— Vreau să te întreb ceva.

— Întreabă-mă acum.

— Nu am cum, zice. E mai mult de discutat.

E tot de ce am nevoie ca ziua să fie completă. Dar nu mai pot să lupt, chiar nu mai pot în momentul ăsta.

— Vine un client de-al Mirunei la patru și jumătate și mai am ceva de pus la punct cu ea până atunci. Dacă vrei, vorbim după aceea, dar nu știu la cât o să terminăm.

— Vrei să îți eliberez sala? se oferă imediat.

— Nu e nevoie, o să ne strângem aici.

— Ok, atunci vorbim după ce termini, dar o să ieșim din sediu.

De ce am impresia că nu e vorba despre o discuție legată job? Oare de ce am crezut că ar putea să fie o discuție de acest gen?! Mai bine fac pe proastă, până o să aflu despre ce e vorba.

— Mergem la un client?

Îmi spune că nu și îmi continuă cu o explicație legată de colegii care sunt cu ochii pe noi și ultimele noastre certuri, așa că mă las convinsă.

— Hai să vedem când termin întâlnirea și vorbim atunci, răspund epuizată.

E de acord și iese, întorcându-se spre sala de conferințe.

Din nou mă gândesc la cât de obosită mă simt și în același timp privirea mea îl urmărește pe acest bărbat care merge cu pași mari și cu mâinile în buzunare, dându-mi ocazia să îi observ, ca dimineață, fundul perfect și pantalonii strânși pe coapsele lucrate.

Închid ochii și îmi mut privirea când îmi amintesc că el nu poartă chiloți. Mă excită gândul ăsta și îmi mușc buza de jos, încercând să alung imaginea din minte. Dar nu pot. Sunt epuizată și știu că în momentul ăsta mi-aș dori să mă duc în sala de conferință, să dau pe toată lumea afară și să mă urc peste Bogdan, să îl sărut cu poftă și apoi să îl eliberez de penisul erect care mă așteaptă chiar în spatele fermoarului. Să îl strâng în mână în toată splendoarea lui, lung, erect, perfect și să îl conduc spre vulva mea umedă și dornică să îl simtă. Apoi el să mă ridice peste masa lungă și să mă pătrundă adânc și cu poftă, cum a făcut-o în biroul lui. Acea dorință animalică m-a făcut să îmi pierd total controlul atunci și în clipa asta mi-aș dori să o facă din nou.

Dar deschid ochii și sunt în birou, înconjurată de hârtii pentru întâlnirea cu clientul Mirunei. Încerc să mă adun și beau niște apă, pentru a stinge focul care s-a aprins în mine. Respir adânc și mă apuc de treabă.

Câteva ore mai târziu primesc un mesaj.
„Cum ești cu timpul?"

Întrebarea lui Bogdan mă face să îmi dau seama că timpul a trecut mai repede decât mă așteptam. Mai am o mulțime de treabă cu deadline azi și nu știu dacă termin totul la timp.

„Scurt și aglomerat. Trebuie să termin ceva în seara asta."

„Și eu mai am treabă. Trec pe la tine mai târziu?"

„În jumătate de oră, te rog"

„OK."

Am emoții din nou, însă nu mai am putere să mă împotrivesc sau să fug de el.

Jumătate de oră mai târziu ciocăne în tocul ușii lăsate deschisă și face un pas înăuntru.

— Vin mai târziu?

Ochii lui obosiți și vocea joasă, mă fac să înțeleg că nici el nu are energia pentru o nouă confruntare.

— O secundă să termin o frază și fac o pauză.

Termin repede de scris mailul, dau send și închid capacul laptop-ului, pentru a-i acorda toată atenția.

— Dacă nu mă opream acum, plecam la doișpe de aici, zic în timpul ăsta.

El se uită spre spațiul unde sunt birourile colegilor. Nu mai este nimeni.

— Preferam să nu avem discuția asta aici, dar din moment ce-am rămas din nou ultimii, cred că suntem ok. Doar dacă nu vrei totuși să mergem undeva și să mâncăm cu ocazia asta.

— Este târziu și sincer sunt atât de obosită, așa că o să vreau să ajung direct acasă și să mă odihnesc.

— Nu mănânci ceva? mă întreabă încruntându-se.

— Am ceva prin frigider, zic ușor.

Se strâmbă, dându-mi de înțeles că nu mă crede, dar lasă să treacă subiectul. Este încordat și vizibil agitat pe ceea ce vrea să spună. Stare pe care mi-o transmite și mie. Într-un final se așază pe canapeaua din colțul amenajat pentru întâlnirile cu clienții. Mă simt ciudat în spatele biroului și mă ridic.

Mă uit spre ușă și îl întreb.

— Vrei să închid ușa? Se pare că urmează să vorbim. Și poate e destul de important și nu vreau să apară cineva.

— Este trecut de șapte și toată lumea a plecat, știind că vineri vor sta peste program. Și oricum sistemul de securitate e pornit, iar dacă cineva vrea să treacă de recepție, o să îl auzim când dă cu cartela de acces.

Se pare că s-a gândit la toate. În cazul ăsta mă îndrept spre el și mă așez tot pe canapea, dar în colțul opus lui. E o distanță de aproape un metru între noi, dar tensiunea deja se simte. O înjur pe Miruna că mi-a luat scaunele din birou după întâlnirea de azi.

Bogdan se reazemă cu un cot de marginea de sus a canapelei și întorcându-se cu fața spre mine, își duce un deget la buze, frecându-și buza de jos cu concentrare. Este doar în cămașă și are mânecile suflecate până la cot, dezvăluindu-și din nou tatuajul care se întinde pe tot antebrațul. Imaginea este foarte sexy.

— Nu știu cum să încep, că deja sunt penibil în toată treaba asta, începe el. Știu că, în mod normal nu ar fi treaba mea, însă nu pot să simt în felul ăsta.

Își ridică privirea spre mine și mă privește fix.

— Te-am văzut azi cu Marius. Mai bine spus te-am văzut când v-ați sărutat ca și când nimic nu s-a întâmplat între voi.

Inima mi-o ia la goană. Eram sigură că a văzut ceva, însă imaginea descrisă de el pare mult mai greșită decât ce a fost în realitate. Nu spun nimic și-l las să continue.

— Sunteți tot împreună sau e doar un spectacol care vine la pachet cu tot secretul legat de divorțul vostru?

Îmi cobor privirea spre mâinile mele împreunate în poala rochiei și îmi dau seama că unghiile mi-au intrat în carne. Sunt încordată la maxim și nu știu cum să îi explic.

Îmi sesizează reținerea și completează repede:

— Te rog să îmi spui adevărul. Azi vreau doar să mă ajuți să înțeleg tot ce se întâmplă în viața ta, pentru că doar așa o să știu ce trebuie să fac cu viața mea.

— Viața ta trebuie să continue ca și înainte, până să se întâmple ceea ce s-a întâmplat.

— Alex, nu-mi mai spune ce să fac, pentru că știi că nu ascult de alții, decât de ceea ce simt eu. Așa că, pentru numele lui Dumnezeu, te rog să mă luminezi ce s-a întâmplat cu căsnicia ta!

Oftez. Cuvintele lui apăsate, dar calme, mă conving că merită să fiu sinceră cu el.

— De aproape doi ani lucrurile nu mai erau ca înainte. Eu m-am concentrat pe munca mea, el pe a lui și fiind în domenii diferite, nu am făcut decât să ne îndepărtăm din ce în ce mai tare unul de celălalt. Erau zile în care nu ne vorbeam deloc, pentru că nu aveam timp și problema cea mai mare era că nu ne deranja pe niciunul lucrul ăsta. Încet, totul a devenit obositor și, inevitabil, au apărut discuțiile, care în timp m-au făcut să cred că e mai bine să divorțăm.

El mă ascultă cu atenție fără să schițeze un gest care m-ar putea opri.

Trag aer în piept pentru a-mi potolii bătăile inimii și continui:

— Au fost niște probleme, pentru că el nu voia să se termine așa ușor și ne-am împotmolit la niște detalii care m-au epuizat foarte mult, însă, din fericire totul s-a terminat cu bine și săptămâna trecută s-a pronunțat și oficial.

Tace o secundă și apoi mă întreabă cu o voce tăioasă:

— Te-a înșelat?

— Nu, răspund, uitându-mă în jur. Cel puțin din câte știu eu...

Privirea i se îmblânzește, dar chipul îi rămâne la fel de preocupat.

— Și dacă totul s-a terminat, el, azi...

Se oprește lăsându-mă să trag concluzia că e curios de vizita lui Marius.

— A fost doar o greșeală din partea lui, crezând că pentru mine mai are importanță ce cred colegii despre relația noastră.

Face o grimasă, lăsându-mă să înțeleg că nici el nu crede că a fost doar o greșeală. Apoi mijește ochii și chipul i se schimbă ca și când a avut o revelație.

— Vrea să vă împăcați!

Fac ochii mari și rămân cu aerul blocat în plămâni. Cum și-a dat seama atât de repede? Apoi reușesc să clipesc de câteva ori și îmi mut privirea în altă parte.

— La dracu', şuieră printre dinţi şi dintr-o mişcare este mai aproape de mine şi cu degetele lungi îmi întoarce faţa spre el. Vrea să vă împăcaţi, nu-i aşa?

— Da, şoptesc.

— Şi tu vrei să te întorci la el?

Ochii îi sunt pătrunzători şi îndureraţi. Întrebarea mi se pare absurdă şi am exclus varianta asta din start, însă nu ştiu dacă am exclus-o de tot. Deschid gura să spun ceva, apoi o închid la loc. El mă fixează cu privirea aşteptând răspunsul meu, însă gândurile îmi sunt împrăştiate ca un fum de respiraţia lui care devine tot mai apăsată.

— Este prea curând să iau o astfel de decizie, reuşesc să răspund şi mă ridic în picioare să plec de lângă corpul lui care emană din nou aceeaşi sexualitate şi mă face să mă simt atrasă de el ca un magnet.

Dintr-un pas este lângă mine.

— Şi totuşi te gândeşti la propunerea lui!

— Bogdan, spun încet parcă încercând să îl fac să înţeleagă, este bărbatul cu care am trăit o iubire adevărată mulţi ani, înainte şi după căsătorie. Nu mi-a fost uşor să iau decizia de a divorţa şi nu-mi este uşor nici acum să închei orice legătură cu el brusc... Nu a fost un om rău cu mine şi, sincer, nu pot să uit atât de repede ce-am avut cu el.

— Dar poţi să uiţi foarte uşor ce a fost între noi doi, nu-i aşa?

Tonul îi este înțepător, dar pot vedea durerea din ochii lui și pentru prima dată îmi dau seama că îl rănesc.

— Noi am avut o aventură, Bogdan. A fost un impuls trăit la maxim pentru câteva momente.

Privesc peste umărul lui, însă se apropie și mai mult de mine și simt nevoia să măresc și mai mult spațiul, dar el continuă să se apropie.

— De ce vorbești la trecut, Alex? șoptește, aplecându-se spre mine și fixându-mi privirea cu a lui.

Nu mă atinge, dar privirea lui este mai fierbinte decât jarul.

— Bogdan... reușesc să spun, dar nu pot să continui.

Mă simt din nou pierdută și încerc să mă concentrez pe ceva care să mă scoată din colțul pereților în care sunt prizoniera lui.

— De ce te minți că ce a fost între noi s-a terminat, când, de fapt, atracția asta crește din ce în ce mai tare.

— Este doar o atracție carnală care o să treacă.

— Crezi că o să treacă? îi aud vocea răgușită în părul meu. Există din ziua în care ne-am cunoscut și abia acum începe să prindă contur cu adevărat, Alex.

Mâna lui îmi mângâie ușor brațul, ca atingerea unui fulg și simt un val de căldură cum îmi cuprinde tot corpul.

— Cum crezi că mă simt eu, continuă în timpul ăsta, când văd că femeia de care sunt îndrăgostit și pe care o doresc în orice moment al zilei, vrea să renunțe la ce simțim amândoi și să se întoarcă la un bărbat doar pentru că e obișnuită cu el?

Degetele lui lungi îmi ating ușor fața. Îl privesc cu buzele întredeschise, anticipând ce urmează să facă, însă el șoptește.

— Nu am să te sărut. Oricât de mult vreau să îți simt buzele moi, să îmi trec mâna prin părul tău și să te trag ușor, pentru a te avea mai aproape. Oricât de mult vreau să arunc rochia asta de pe tine și să te am goală în fața mea, ca apoi să te cuprind cu brațele, să îți gust sânii, iar tu să mă primești imediat umedă, cum știi că-mi place. Oricât de mult vreau să mă pierd în tine mai tare și mai tare până când devine dureros de plăcut și apoi explodăm amândoi țipând... nu am să o fac. Vreau doar să simți și tu ce simt și eu, să te întrebi dacă el sau orice alt bărbat te face să te simți atât de excitată pe cât ești acum. Pentru că așa sunt eu de fiecare dată când mă gândesc la tine. Imaginația mi-o ia razna și visez că ești a mea, iar când mă trezesc îmi dau seama că ești mult mai departe.

Cu greu, ezitând, reușește să facă un pas în spate, trecându-și mâinile prin păr.

Prin cămașa subțire, îi văd brațele încordate.

Respirația mea este agitată și nu știu dacă să mă simt liniștită că a dat înapoi sau să fiu supărată de acest lucru.

— Ăștia suntem noi, dornici unul de celălalt și nu are rost să negi, pentru că mă uit la tine și sunt sigur că mă vrei acum la fel de mult pe cât te vreau eu. Așa că spune-mi, te rog, cum poți, după așa ceva, să spui că te gândești să te întorci la el?

Respir adânc ca și când nu mai am aer și încerc să îmi recapăt echilibrul în picioarele moi. Îmi trec o mână prin păr și clipesc des de câteva ori. Nu știu ce să zic, pentru că nu știu ce vreau de la mine, de la viața mea. Reușesc să îi răspund, însă îmi dau seama că argumentul meu e o tâmpenie și regret.

— Pentru că e omul cu care am trăit atâția ani și în care am avut încredere.

Se încruntă și mă privește ca și când l-am lovit unde îl doare cel mai tare.

— Iar eu sunt cel care a început totul ca să se răzbune pe tine.

Când spune asta îmi dau seama că m-a înțeles greșit și că, de fapt, nu făceam referire la el. Încercam să zic ceva general care să mă scoată din vortexul lui. Efectul se pare că este cel dorit, însă costul plătit nu-mi dă o stare bună.

Face încă un pas în spate și apoi oftează.

— Sunt un idiot...

— Bogdan... vreau să mai spun ceva, dar nu-mi găsesc cuvintele. Nu trebuie să te judeci așa tare... Între noi a fost doar o aventură.

— Ți-am mai spus că pentru mine e mai mult. Voiam să avem o relație adevărată...

Vorbește la trecut și chipul îmi e străbătut de o urmă de confuzie.

— Oricât de mult încerc să te am lângă mine, tu pur și simplu mă respingi și...

Se oprește și se întoarce cu spatele la mine.

— Nu mai pot... Îmi pierd mințile în preajma ta și totul devine mai greu de suportat decât îmi imaginam vreodată.

Își ia telefonul care se pare că-i rămăsese pe canapea și se întoarce din nou spre mine.

— I'm done, spune cu vocea frântă. Și nu știu de ce am impresia că orice aș face, nu e decât să te împingă mai departe de mine și, implicit, mai aproape de el. Dacă eram mai atent, observăm că tu vorbeai numai la trecut când era vorba de noi, iar eu la prezent. Nu mă lasă să îi răspund și iese din birou, ducându-se în al lui.

Îl urmez, pentru că nu-mi place cum au rămas lucrurile. Nu știu ce vreau să îi spun, însă nu vreau să îl las cu o impresie atât de greșită.

— Sunt într-o perioadă confuză și foarte grea, Bogdan, îi zic când intru și îl văd că-și strânge lucrurile să plece acasă. Chiar și în ziua aia în lift, veneam de la o întâlnire cu el și cu avocații noștri și eram atât de obosită, iar tu ai venit ca un tsunami peste mine și nu mi-ai dat timp să înțeleg ce se întâmplă...

— Au trecut două săptămâni de atunci, Alexandra, iar tu nu ai făcut decât să te îndepărtezi și mai mult de mine!

— Două săptămâni în care nu am avut timp să îmi pun nici măcar hainele la locul lor în dulapul care e pe jumătate gol!

— Tocmai asta spun, că nu e gol de două săptămâni, e gol de jumătate de an de când ai divorțat, dar tu încă te săruți pe stradă cu fostul tău soț!

Tonul lui e puțin mai ridicat și cu toate astea se abține. Strânge din pumni, apoi își ia laptopul în mână și trece pe lângă mine. La ușă se oprește și, întorcându-se spre mine îmi spune:

— Nu îmi place să aștept, dar în cazul tău aș fi stat încă doi ani de acum înainte, dacă aveam certitudinea că nu e totul în zadar. Însă în clipa asta simt că aș face-o degeaba.

Pleacă, lăsându-mă singură, în timp ce cuvintele lui încă sună ca un ecou în mintea mea. Aud ușa de la intrare trântindu-se și abia atunci reușesc să fac un pas să ies din încăpere. Mă așez ca o somnambulă pe canapeaua mea și rămân cu ochii pierduți în gol și cu mintea blocată. Nu am întrebări care să mă macine, nu am gânduri sau imagini care să mă ducă spre ceva anume, e doar o liniște care mă înconjoară și aud doar bătăile inimii agitate. Sunt eu cu mine și simt că am pierdut ceva foarte important. Încet, bătăile inimii devin dureroase și chiar dacă el a plecat acasă, am un sentiment dureros ca și când ar fi plecat de tot. A plecat de tot de lângă mine

Capitolul 8

Bogdan

Urc în mașină și trântesc ușa cu putere. Vreau să lovesc cu pumnul în bordul plin de butoane, însă... nu o fac. Mă simt epuizat. Secat de toată voința pe care o aveam. Așa cum mă așteptam, orice plan care o implică pe Alexandra se năruie imediat. Voiam să o fac cu adevărat fericită, să îi arăt cât de mult o doresc și, orbit de convingerea mea, vedeam un viitor alături de această femeie care îmi împărțea nu numai dorința carnală care este între noi, dar și același stil de viață și aceeași pasiune pentru ceea ce facem la firmă.

Dar e inutil. Ea preferă să se întoarcă la bărbatul cu care este obișnuită decât să încerce ceva nou alături de mine. Aici suntem diferiți, pentru că eu eram dispus să încerc și altceva în viață, alături de ea.

Pornesc motorul și plec în viteză, gândindu-mă că ea a rămas singură pe tot etajul ăla, în biroul meu unde, pentru prima dată, ne-am scos amândoi măștile și unde ne-am tras-o de parcă eram singuri pe planeta asta.

La primul semafor, dau cu capul de tetieră și strâng din dinți. La dracu'... De ce-am sperat că ea mă va alege pe mine? Eram convins de asta chiar și când credeam că e măritată.

Dar răspunsul îl știu: pentru că niciodată nu m-am simțit cu o femeie cum m-am simțit cu ea.

Am fost un prost și pot să trăiesc cu constatarea asta. Dar gândul că după tot ce am trăit alături de ea, am să o văd împreună cu alt bărbat, chiar și dacă el e fostul soț, mă face să fierb de nervi. Imaginea ei atinsă de altul mă ucide și inima îmi bate nebunește în piept. Nu pot să văd așa ceva, nu vreau să trec prin așa ceva... Trebuie să plec, să iau distanță și să uit de ea.

Alexandra

Încep o nouă zi, gândindu-mă ce dracu' o să mai meargă prost și azi, însă după cea de ieri, în care am avut doză dublă de discuție cu bărbații din viața mea, nimic nu mă mai surprinde. Așa că la birou sunt calmă și pregătită pentru orice nouă lovitură.

Ziua începe normal, cafeaua o beau liniștită, pe Bogdan nu îl zăresc pe nicăieri, iar pe la ora zece plec la o întâlnire cu unul dintre colegi. Până la prânz suntem înapoi și de data asta Bogdan este în sala de conferințe cu toți colegii lui. Mă întreb dacă cumva îi terorizează din nou cu idei pentru campania de Crăciun, care este aproape stabilită și pusă în mișcare. Black Friday este la câteva zile distanță și toată lumea este în priză, în departamentul lui.

Mă vede, însă nu schițează niciun gest și mă ignoră. Pare foarte concentrat pe ceea ce discută cu ceilalți.

Restul zilei decurge la fel, în tăcere. Îmi trimite pe mail nişte prezentări şi îmi spune să îi dau un replay dacă am ceva de modificat. Mă conformez şi nu caut niciun motiv să îl deranjez. Pleacă devreme din sediu şi nu se mai întoarce.

Zilele următoare decurg la fel. Când mă vede mă salută dând din cap şi apoi îşi vede de-ale lui.

Vinerea cea mare începe în forţă. La ora şapte toată lumea e în firmă şi începe haosul. Eu îmi supraveghez echipa, iar Bogdan stă foarte mult pe lângă ai lui. Nu ne permitem greşeli şi totul decurge fără incidente.

La prânz hotărâm să comandăm pizza pentru toată lumea şi când cei care fac livrările ajung cu cele peste douăzeci de cutii de pizza, toată lumea îl primeşte cu urale şi chiuituri. Este o atmosferă veselă şi agitaţia zilei ne place. Suntem dependenţi de ea şi de aceea ne place ceea ce facem.

Mâncăm pe mese, pe lângă laptopuri, gustăm unii din pizza altora, încercând câte puţin din toate, ne murdărim pe mâini şi ne mânjim de ketchup, dar în acelaşi timp lucrăm de zor.

În toate aceste râsete îl surprind pe Bogdan că mă priveşte. Este hipnotizant şi parcă nu pot să îmi desprind privirea de el. Simt din nou acea atracţie. Ceva îmi atrage atenţia şi îmi mut privirea spre persoana care mi se adresa.

Şi apoi totul se schimbă, când după prânz un curier îmi aduce un buchet mare de trandafiri roşii în care este prins un bileţel."

„Sper să ai un Black Friday mult mai uşor ca în anii precedenţi, Marius." Citesc petecul de hârtie şi-l împăturesc pentru că nu vreau să îl mai vadă nimeni, nici măcar eu. Îl bag în buzunar şi le zâmbesc colegelor care fluieră a admiraţie, dorindu-şi poate şi ele să fie în situaţia mea şi să primească flori. Însă ele nu ştiu situaţia mea. Nimeni nu ştie, cu excepţia lui Bogdan, spre care îmi îndrept privirea imediat. Însă el îşi face de lucru şi nu-mi dă atenţie. Mă ignoră din nou şi de data asta simt că o face cu tot sufletul. Încet, în mine creşte un sentiment de disconfort, în loc de uşurarea pe care ar trebui să o simt.

De-a lungul zilei schimbăm câteva cuvinte, dar totul are legătură cu treaba noastră de la birou. Chipul lui când mă priveşte nu mai are nicio urmă de zâmbet. Încearcă să pară relaxat în prezenţa mea, însă este mai mult rece şi indiferent.

Nu este deloc cel care era înainte. E trist, dar nu lasă să se vadă şi se afundă în spatele laptopului cu căştile în urechi. Niciunul din noi nu stăm prin birouri, decât când avem o discuţie telefonică şi cu toate astea, împărţind acelaşi spaţiu destul de mare, nu văd niciun gest din partea lui care să mă facă să cred că nu mai este deranjat de discuţia noastră din zilele trecute. Sunt însă sigură că buchetul de flori nu a îmbunătăţit relaţia noastră.

Ne întindem până târziu, campania noastră terminându-se la douăsprezece noaptea, însă reuşim să închidem cu totul pe la ora unu. Înainte să plecăm, deschidem sticle de şampanie pentru copii, fără alcool și ciocnim pentru a sărbătorii succesul.

— A fost o zi grea, dar am trecut cu bine, spune Bogdan.

Atât eu, cât și el le mulțumim colegilor pentru treaba bună pe care au făcut-o și încheiem repede, ca toată lumea să ajungă acasă să se odihnească. Când toată lumea strânge, le urmez exemplul și mă duc în biroul meu, unde îmi adun lucrurile.

În spatele meu aud o ușoară bătaie în ușă și când mă întorc îl văd pe Bogdan.

— În weekend mai las activi câțiva băieți. Îți trimit un mesaj cu numerele lor de telefon și mailurile, dacă e ceva să îi contactezi.

— Dacă azi treaba a mers fără probleme, sunt sigură că traficul din weekend-ul ăsta nu o să ne facă probleme.

— Și eu cred la fel, spune. Mai vrea să adauge ceva, însă se abține.

Rămâne în ușă, privindu-mă în tăcere și îi simt bătălia care se dă în el. Dar oftează și închide ochii o secundă, apoi continuă calm:

— Ai grijă de tine, Alex! Weekend frumos!

O secundă mă gândesc să îl opresc, însă nu știu ce să îi spun.

— Ați făcut o treabă bună, Bogdan, reușesc să răspund. Weekend frumos și ție!

La final, îi zâmbesc ușor, dar el vede că o fac din politețe și mă salută din cap, apoi iese. Îl urmăresc cu privirea când își ia la revedere de la ceilalți și apoi pleacă.

Îl urmez după câteva minute, împreună cu Miruna și alți câțiva colegi care profită de ocazie să mă întrebe programul pentru săptămâna următoare.

— Să nu credeți că lucrurile se vor liniști, le spun zâmbind malițios. Campania asta nu a făcut decât să le trezească oamenilor o și mai mare poftă de cumpărături, care acum au și un motiv bun să continue: Crăciunul. Au un pretex magic să cheltuie bani, folosind familia și prietenii drept scuză, așa că vor sta mai mult decât de obicei să caute cadoul perfect.

— Din fericire avem niște promoții atrăgătoare și imaginile campaniei de Crăciun parcă au ieșit mai bine ca niciodată, spune Miruna și eu o aprob.

— Dar am auzit o chestie azi care nu știu cât de adevărată e, însă poate tu ai idee de ea, îmi spune o altă colegă în șoaptă: am înțeles că Bogdan a plecat de tot din firmă?

Picioarele mi se taie, dar din fericire stau rezemată de biroul secretarei în timp ce așteptăm liftul.

— Nu știu nimic despre asta, spun încruntându-mă. Sper că este doar un zvon.

— Și eu la fel, zice ea. Vorbeau unii de la marketing ieri când îmi făceau cafeaua, dar e posibil să fi înțeles eu greșit.

Pentru binele tuturor sper să fie așa. Nu concep ca el să plece. Nu vreau ca el să plece. Să nu îl mai văd deloc? A fost o tortură zilele astea faptul că m-a ignorat, dar să știu că nu o să îl mai văd, e de-a dreptul îngrozitor!

— Ți-ai uitat florile în birou! spune deodată Miruna, panicată. Să nu se supere soțul tău că au rămas peste weekend aici!

La dracu' cu toate florile lui! Dacă zvonul este adevărat?

— Nu are cine să se supere, Miruna, spun cu privirea pierdută, în timp ce urcăm în liftul în care Bogdan m-a sărutat prima dată. Am divorțat de prea mult timp ca să îmi mai pese de florile alea.

Liniștea din jurul meu mă face să le privesc pe cele trei fete care schimbă între ele priviri șocate.

— Ați auzit bine, spun din nou. Am divorțat de aproape o jumătate de an.

— Dar erați atât de potriviți unul pentru celălalt, spune una și mă face să pufnesc ironic.

— Era doar o imagine, draga mea. Dacă te uitai mai atent, observai că fiecare zâmbet pe care l-ai văzut în tabloide, era la fel de fals ca sânii celorlalte tipe din poze.

Când coborâm, cele două fete o iau înainte, șușotind probabil despre știrea nouă, însă Miruna mai rămâne puțin cu mine.

— Ești bine?
— De ce mă întrebi?
— Pari supărată. Aș fi zis că din cauza veștii pe care mi-ai dat-o în lift, dar cred că mai mult este legată de zvonul ăla.

— E doar un zvon, spun mai mult încercând să mă conving pe mine. Nu are cum să plece.

Și cu gândul ăsta trec peste un weekend agonizant, în care mă gândesc dacă este adevărat sau nu că Bogdan vrea să plece din firmă. Număr orele până luni și îmi doresc să îl văd cât mai repede, pentru că este rândul meu să îl încolțesc și să îl înfrunt.

Aș putea foarte ușor să rezolv cu un telefon, însă în clipa în care vreau să îl apelez îmi dau seama că aș părea disperată din cauza acelui zvon. Așa că aștept ziua de luni, care vine foarte greu.

Când intru în birou, florile, cu toate că au apă, sunt aproape ofilite. De aceea urăsc trandafirii, pentru că nu rezistă. Poate ar trebui să văd asta ca pe un semn clar că relația mea cu Marius este terminată. Încep deodată să râd. Ce proastă am fost! Cum ar mai putea fi o relație după ce deja am divorțat? Va trebui să înțeleagă și el asta și să dispară din viața mea cu gesturile mascate de intenția de a fi prieteni, când de fapt vrea să o luăm de la capăt.

Alung gândul ăsta, revenind la Bogdan și la faptul că nu a venit încă la birou. Trec câteva ore și el tot nu apare. Poate este la un client, însă nu mai am răbdare să aștept. Simt că ceva nu e în regulă.

Îmi fac curaj și mă duc la colegul care e omul lui de bază.

— Ai idee pe la cât ajunge Bogdan azi? îl întreb, încercând să par calmă.

Dar el pare încolțit și se uită la ceilalți colegi, căutând pe cineva care să îl salveze.

— Nu știu dacă ajunge azi, răspunde el.

— Dar ce știi?

Întrebarea mea sună dur, dar nu-mi pasă, pentru că oricum majoritatea mă consideră o persoană foarte crudă.

— Că... o să lipsească o perioadă.

Răspunsurile lui sunt scurte și mă enervează că trebuie să îi smulg cu cleștele fiecare informație.

— O perioadă?

— Da...

— Cât timp?

— Chiar nu știu.

Simt că sângele mi se urcă la cap.

— Ți-a predat ceva?

— Aproape tot. A spus că o să ne ajute de la distanță dacă avem nevoie de ajutor.

— Și-a luat concediu?

O lumină de speranță apare în sufletul meu.

— Din câte am înțeles eu... nu. A zis că își ia o pauză.

Cuvântul mă lovește în creștetul capului. Speranța dispare de tot.

Plec de lângă tipul roșu la față și mă duc în biroul celor de la HR.

— Ce se întâmplă cu Bogdan? le întreb direct. Este plecat în concediu?

Încurcată, una îmi răspunde.

— Am înțeles că a avut deja o discuție cu domnul Enache și că urma să discute și cu tine. Nu te-a pus la curent?

— La curent, cu ce? Se apropie Crăciunul și avem nevoie de el, iar el a plecat în concediu?

— De azi a intrat într-un fel de concediu fără plată. Nu și-a întrerupt de tot contractul, dar din ce-am înțeles, perioada în care o să lipsească nu este stabilită.

— Deci nu știți când o să se întoarcă?

— E posibil să nu se mai întoarcă deloc, răspunde ea.

Tot pământul pare că se clatină sub picioarele mele

— Când s-au întâmplat toate astea? reușesc să întreb.

— Vineri după-amiază.

La dracu' cu florile alea! Totul e din cauza mea! Sunt sigură de asta! Iar dacă nu asta e cauza, trebuie să aflu exact ce se întâmplă. Ies din biroul lor și îmi vine o idee.

Mă duc la secretariat și îi zâmbesc fetei cu părul albastru.

— Ancuța, am nevoie să mă ajuți cu ceva.

Bogdan

Cobor din pat la ora nouă. De peste o oră mă chinuiam să adorm la loc, dar nu am putut. Sunt agitat și nu-mi găsesc locul. Nimic nu-mi place și am fost morocănos zilele astea. Ies la alergat, pentru că nu am mai făcut-o de mult timp și asta mă ajută să mă mai liniștesc. Mă simt ciudat că într-o zi de luni dimineața, când toată lumea se duce sau e deja la birou, eu să alerg prin parc. La trecerea de pietoni mă opresc la semafor și observ coada de mașini care se formează. Este o zi aglomerată, ca la orice început de săptămână. Mașini ale firmelor de curierat aleargă în toate părțile, iar omuleții în uniforme, fug cu zeci de colete în brațe. Toată lumea e agitată, toată lumea aleargă. Însă eu o fac într-o altă direcție.

Mănânc ceva ușor și după ce lenevesc puțin la tv, mă bag la duș.

Sub apa caldă mă gândesc ce dracu' o să fac eu acasă în perioada asta? Chiar am de gând să îmi caut alt job? Chiar am de gând să renunț la jobul meu, doar pentru că îmi este greu să o văd? Da. E prea greu.

Cât despre job, sunt sigur că o să mă atașez la fel de repede de un loc nou și de o altă echipă. Am câteva oferte venite chiar și în ultimele luni, dar nici măcar o clipă nu m-am gândit la ele, până săptămâna trecută, acolo în mașina mea. Nu am vrut să iau o decizie pripită, însă am știu sigur că trebuie să iau o pauză și să nu o mai văd o perioadă. Nu e vorba de ea, e vorba de dorința pe care o am de a o atinge și să știu că nu am voie, e vorba de fostul soț care îi trimite buchete imense de flori pentru a o face să se întoarcă la el. E vorba de ce face ea și ce aș vrea să facă de fapt, cu mine.

În viața mea nu am fost atât de slab și nu știu dacă trebuie să fiu mândru că sunt în stare să îmi recunosc acest neajuns. Mă port ca o femeie, în loc să mi se rupă și să îmi văd de viața și de cariera mea. Să mă doară în cur de ea că vrea să aleagă cea mai proastă variantă posibilă, alături de ăla și să încep să o urăsc pentru asta. Dar ca să pot face asta, am nevoie de timp ca atunci când o să o văd din nou, să nu mai simt că mă sufoc dacă nu o sărut.

Acum două săptămâni eram varză din cauza Dianei, însă nu se compară nici pe jumătate cu starea de căcat pe care o am acum. Și nu am băut nimic. Este o stare psihică generală și alergatul de azi nu a făcut decât să îmi pună sângele în mișcare, însă nu pot spune că endorfinele își fac prezența.

Îmi șterg părul cu prosopul pe care mi-l leg în jurul taliei, uitându-mă în oglindă. Barba mi-a crescut puțin, dar nu am chef să mă bărbieresc. Dau cu mâna peste ea și îmi place senzația. Mă întreb dacă așa se simțea și pe pielea Alexandrei când o sărutam. Gândul îmi provoacă o nouă erecție, pe care sunt decis să o ignor. Mă schimb repede într-un short sport și mă duc spre sufragerie să butonez televizorul, însă interfonul îmi sună și mă întreb cine dracu' mă caută.

Apăs butonul și întreb:
— Cine e?
— Deschide!

Recunosc imediat vocea imperativă şi rămân blocat. Mecanic, apăs butonul care îi permite accesul în clădire şi totodată deschid uşa de la intrare, lăsând-o crăpată, în timp ce fug în dormitor să îmi iau un tricou pe mine.

Aleg unul alb simplu, în defavoarea celor cu texte şi desene care îmi pică în mână.

Inima îmi bate cu putere că Alexandra a venit la mine acasă poate să mă convingă să mă întorc la firmă. Iar eu nu am de gând să cedez, decât poate, cu o singură condiţie.

Ies din dormitor şi după ce reuşesc să trag pe mine tricoul, o văd. Are o rochiţă stil country, largă în partea de jos şi o pereche de cizme negre, înalte peste genunchi. Are în mână geanta şi un biletel. Nici măcar haina nu şi-a luat-o.

Alexandra

În mână cu hârtia pe care Ancuţa mi-a scris adresa, urc cu liftul până la etajul unde locuieşte Bogdan. Uşile liftului se deschid şi eu tot nu ştiu ce dracu' caut aici şi ce am de gând să îi spun. Uşa este deschisă şi păşesc încet înăuntru, când el apare dintr-o altă încăpere, pe jumătate dezbrăcat, încercând să îmbrace un tricou în care mai rău se încurcă.

Se opreşte în loc când mă vede şi nu zice nimic câteva secunde.

— Ai găsit loc de parcare prin față? mă întreabă fără să mă salute și vine spre mine oprindu-se la o distanță destul de mare.
— Aproape de intrare.
— E frig afară. Trebuia să îți iei haina pe tine.

Haină? Ce dracu' haină visează? Am plecat de la birou și fără haină!

Starea de nervozitate revine încet, încet și ia locul anxietății și emoției de a mă afla în casa lui, iar el să mă primească pe jumătate dezbrăcat. Nu că tricoul ăsta nu i-ar scoate și mai mult în evidență corpul perfect. Are o pereche de pantaloni de trening scurți, largi, care și ăia îi evidențiază pulpele musculoase. Părul îi e ud și îmi dau seama că a ieșit de puțin timp de la duș. O mie de imagini și detalii observate în doar câteva secunde.

— Am lăsat-o la birou, acolo unde ar trebui să fii și tu.
— Unde ai lăsat-o mai exact?

Întrebarea mă încurcă.

Îmi face semn să intru în sufragerie și mă conformez.

— Nu e nevoie să te descalți, îmi spune. Oricum e dezordine în casă, că abia mâine vine menajera.

Fugitiv, arunc o privire în jur și constat că este chiar foarte curat.

— Vrei ceva de băut?
— Nu, mulțumesc, răspund imediat.

Se așază pe un colț al canapelei în formă de L și făcându-mi semn să iau loc, mă așez pe celălalt.

— Deci? Unde ai lăsat mai exact haina, în birou?

Întrebarea mi se pare ironică, însă vocea lui este foarte serioasă.

— Pe canapea.

— Și acolo ar trebui să fiu și eu?

Eram sigură că aici o să ajungă întrebarea lui.

— Chiar, de ce nu ești la birou?

— Nu mă simt bine, zice scurt.

— De ce minți?

— Vrei să spui „de ce TE mint"?

— Da.

— Pentru că și tu ai făcut la fel, dacă îți amintești.

— Și ai de gând să te poți ca un copil și să copiezi greșelile mele?

Ridică din umeri ca și când nu îi pasă.

— Se pare că trebuia să mă înștiințezi că ai de gând să iei o pauză și cu toate astea am fost ultima care a aflat și asta pentru că, întâmplător am auzit un zvon.

— Îmi pare rău, spune el sincer, am vrut să îți spun vineri, însă eram prea obosiți și nu am mai avut energia necesară. Domnul Enache mi-a spus sâmbătă că o să vorbească el cu tine.

— Nu a făcut-o, zic dur.

— Și totuși ai aflat, din fericire.

— Despre ce drac' de fericire vorbești tu? Când ai de gând se te întorci? Avem multă treabă și toate campaniile ne sunt pe cap!

El închide ochii și când îi deschide se întinde după paharul cu apă care era pe măsuța din fața lui și ia o gură. Îl pune tacticos la loc și abia apoi îmi răspunde.

— Nu cred că mă mai întorc. Am discutat și cu Enache și de-asta era preferabil să discute și cu tine, pentru că nu vreau ca el sau oricine altcineva să se ia de mine și să îmi urle că am lăsat alea varză la birou. Totul este în ordine, pus la punct, fiecare din departament știe ce să facă și Mihăiță este în locul meu, iar el îți va trimite tot ce ai nevoie.

— Dar Mihăiță nu ești tu! Tu ești directorul de marketing și avem nevoie de tine!

Are aceeași privire pătrunzătoare și se încruntă de parcă și-ar fi dat seama de ceva.

— De ce ai venit până aici, Alexandra?

— Ca să aflu ce se întâmplă, pentru că acolo nimeni nu e în stare să mă lămurească.

— De ce ai venit cu adevărat aici, Alexandra? mă întreabă din nou, de data asta mai apăsat.

Oftez, dând afară aerul care parcă nu-mi ajunge în plămâni.

— Ai decis să pleci din firmă din cauza mea, nu-i așa?

— Crezi că te va ajuta în vreun fel răspunsul meu?

— Vreau să știu!

— Știi foarte bine, chiar nu era nevoie să vii până aici să mă chinui și mai tare.

Răspunsul este evident în vocea lui nervoasă și asta mă face să devin și mai agitată.

— Ești un laș! Renunți la tot din cauza mea?

Ridic tonul și, negăsindu-mi locul, mă ridic în picioare și imediat el este lângă mine, destul de aproape, însă nu mă atinge.

— De ce ai venit aici, Alexandra? mă întreabă din nou cu vocea răgușită.

Privirea lui mă fixează, dar sunt încă nervoasă.

— Ți-am spus de ce-am venit!

— Nu, nu mi-ai spus, pentru că nu ți-ai recunoscut nici ție adevăratul motiv!

— Nu este un alt motiv, am venit pentru că voiam să știu dacă asta se întâmplă cu adevărat din cauza mea.

— Și dacă totul e din vina ta, ce ai de gând să faci?

— Dacă ți-e așa greu să lucrezi cu mine, atunci o să plec eu! Dar nu vreau să renunți la jobul tău, pentru că asta m-ar face să mă simt mult prea vinovată!

Mijește ochii și respirația îi devine și mai precipitată. Mă prinde de mână și mă trage spre el, lipindu-mă de corpul lui. Tocurile nu mă ajută foarte mult și tot trebuie să îmi ridic privirea.

— De ce ai venit până aici? Măcar ai idee?

Respirația lui caldă îmi mângâie obrazul. Mă simt moale în mâinile lui care le țin prizoniere pe ale mele.

— Să te aduc înapoi, răspund cu vocea pierdută, cu privirea pierdută în ochii lui căprui.

— Mă vrei înapoi la firmă?

— Da...

— De ce? șoptește, în timp ce fața lui coboară ușor și nasul lui îmi mângâie părul.

— Pentru că avem nevoie de tine.

— Firma are nevoie de mine...

— Da...

Închid ochii și știu că sunt pierdută.

— De ce ai venit până aici, Alex?

— Pentru că... am nevoie de tine.

— Nu e de ajuns, Alex, șoptește și buzele lui îmi caută scobitura gâtului.

Îmi las capul ușor într-o parte și el mă mângâie ușor cu buzele, apoi mă mușcă încet de lobul urechii. Senzații calde îmi străbat tot corpul.

— Spune-mi adevărul! Acum e momentul să fim sinceri cu adevărat unul cu celălalt, Alexandra.

Nu știu când și cum a făcut asta, însă deodată simt în spatele meu peretele rece. Îmi eliberează mâinile și mă mângâie încet pe brațe, peste mânecile subțiri ale rochiei.

— Pentru că nu vreau să te pierd.

— Ca și coleg?

— Da.

Mâinile lui continuă să îmi caute sânul, pe care îl masează uşor, iar gura lui îmi mângâie încet clavicula, coborând spre scobitura decolteului. Respiraţia lui lasă urme arzătoare pe pielea mea, dar continuă acest joc care mă face să fierb şi să îl vreau şi mai mult.

— Doar atât?

— Nu, zic ca în transă, lăsându-mi capul pe spate.

Îmi pun mâinile pe umerii lui şi el continuă să coboare spre abdomenul meu, conturându-mi şoldurile, jucându-se cu încreţiturile fustei, ridicând-o încet.

Coboară în genunchi în faţa mea şi îmi ridică fusta, dezgolindu-mi coapsa, pe care o mângâie cu buricele degetelor.

— Spune-mi ce vrei, Alex?

— Pe tine, răspund încet.

Îi simt respiraţia caldă prin chiloţii mei şi gem încet. Îmi pierd degetele în părul lui încă umed şi mă las în voia senzaţiilor.

— Eşti sigură? şopteşte în timp ce îmi mângâie vulva pe deasupra chilotului.

— Doar pe tine te vreau...

— Şi dacă o să fugi din nou?

Degetele lui înlătură uşor materialul şi suflă încet peste clitorisul fierbinte.

— Nu mai există alt loc pe lumea asta decât lângă tine.

În clipa aia limba lui mă atinge şi apoi mă linge, gustându-mă lent şi cu poftă. Este o plăcere agonizantă şi gem de cât de bine pot să îl simt acolo jos.

— Ești atât de dulce și deja umedă, așa cum îmi place, zice și se ridică în picioare.

Îmi cuprinde fața cu mâinile și mă privește în ochi, cu acea privire plină de dorință care mă face să îl vreau și mai mult. Buzele le găsesc pe ale mele și cu limba le atinge, le gustă și apoi mă sărută cu poftă gemând în gura mea. Își pierde mâinile în părul meu, dându-mi capul pe spate pentru a mă săruta așa cum îmi place. Limbile noastre se împleticesc și se ating într-un joc amețitor care mă lasă fără răsuflare.

Vreau să îl gust, vreau să îi arăt cât de mult îl doresc și îmi strecor mâna în spatele elasticului de la pantalonii de trening și-l descopăr gol, tare și fin. Îi dau jos pantalonii și vreau să îl răsplătesc pentru plăcerea pe care mi-o oferă și mă desprind din sărutarea lui, așa că e rândul meu să mă las în genunchi sub privirea lui uimită.

Îl țin în mână și-l frec ușor, în timp ce îmi trec limba peste capul umezit. Geme și-și aruncă tricoul de pe el. Îl ling și îl gust cu buzele, înainte să îl bag în gură, unde limba mea îl împinge spre cerul gurii. Îl strâng cu mâna în timpul ăsta și-l sug ridicându-mi privirea spre el.

Este tot gol și imaginea mă excită mai tare. Are buzele întredeschise și privirea lui devoratoare mă face să îl gust și mai cu poftă.

— Doamne, Alex, mă omori, geme și mă ridică în picioare, oprindu-mă din ceea ce fac. O să îmi dau drumul dacă mai continui și nu vreau să termin așa.

Gura lui o acoperă din nou pe a mea și mâinile îmi caută fermoarul rochiei pe care îl desface imediat. Îmi scoate rochia de pe mine și rămân în lenjeria neagră, dresul cu adeziv și cizmele negre cu toc.

Îmi zâmbește, mușcându-și buza de jos.

— Ești superbă... îmi șoptește, sărutându-mă din nou.

— Același lucru pot spune și eu despre tine, zic în timp ce degetele mele conturează abdomenul încordat, coborând pe șolduri și urcând din nou pe spate. Trasez dungi cu unghiile și el își împinge penisul erect în chiloțeii mei dantelați.

Îmi cuprinde fundul cu mâinile și mă ridică peste șoldurile lui, în jurul cărora îmi împleticesc picioarele. Gurile noastre nu se desprind și mă duce în dormitor, lăsându-mă încet pe pat. Se freacă de mine, căutându-mi umezeala prin lenjeria subțire. Îmi ridic pelvisul în ritmul mișcărilor lui, dorindu-l în mine.

— Nu încă, iubirea mea, șoptește. Vreau să mă bucur de fiecare centimetru al pielii tale, la care am visat atât de mult.

— Oh, Bogdan, gem când gura lui coboară pe gâtul meu spre sâni, eliberându-i din strâmtoarea sutienului. Este atât de bine!

— Da, iubito, te simt.

Îmi cuprinde sfârcul cu buzele, trăgând ușor de el, gustându-l și mușcând-l cu poftă și nerăbdare. Suflă ușor peste el când simte că trage prea tare și din gâtul meu ies sunete pline de dorință.

Același tratament îl aplică și celuilalt sân și îmi arcuiesc spatele, oferindu-mă toată acestui bărbat care a trezit în mine sentimente pe care nu credeam că o să le mai am.

Gura lui coboară pe abdomen, spre buric, limba trasează dungi fierbinți care îmi străbat pielea cu milioane de senzații plăcute, apoi îmi scoate cizmele, aruncându-le lângă pat și revine la zona umedă. Își trece nasul peste lenjeria umezită, eliberându-mă de ea dintr-o mișcare. Apoi limba lui mă atinge încet acolo jos, tachinându-mă până când gura lui îmi acoperă clitorisul, sugându-mă și trăgând ușor, gustându-mă și lingându-mă într-o multitudine de mișcări care mă fac să îmi simt corpul tot mai fierbinte.

— Sunt a ta, Bogdan, îi spun când limba lui intră în mine. Numai a ta!

Geme la auzul cuvintelor mult dorite și degetul lui mă penetrează, acompaniind limba în jocul amețitor, formând cercuri înăuntrul meu, intrând și ieșind, mai repede și mai repede, apoi încă un deget, mai în forță, mai dornic să mă ducă pe culmile plăcerii, până când simt corpul cuprins de furnicături și fiori care mă fac să explodez, iar el continuă să mă guste lent până când convulsiile mele se liniștesc.

Gura lui o găsește imediat pe a mea, sărutându-mă și îmi simt propriul gust pe buzele lui. Își freacă penisul de vulva mea udă, umezindu-l cu această mișcare care nu mă face decât să îl doresc și mai mult și apoi intră în mine, încet, agonizant și dureros de plăcut. O secundă rămâne în mine și gemem amândoi de plăcere, simțind că timpul s-a oprit în loc. Intră și iese din mine, continuând să mă sărute, să îmi muște buza de jos și să se piardă tot mai adânc în mine. Mâna lui îmi cuprinde coapsa, ridicând-o mai sus și făcându-mă disponibilă penetrării lui și continuă să crească ritmul mișcărilor, tot mai adânc, tot mai tare, tot mai fierbinte, până când aceeași senzație magică îmi cuprinde corpul și îmi dau drumul, iar el mă urmează imediat, cu un răget de plăcere.

Să prăbușește lângă mine și mă trage peste el, sărutându-mă cu poftă. Apoi mă cuprinde cu brațele puternice și mă ține lângă pieptul lui, până când bătăile inimilor noastre se liniștesc. După câteva minute în care îmi sărută fruntea și creștetul din când în când, îmi ridică bărbia și mă pierd în privirea lui blândă.

— Ai spus că ești a mea.

— Numai a ta, îi răspund, zâmbind fericită.

Sunt a lui, trup și suflet.

— Te iubesc, Alexandra.

— Și eu te iubesc, Bogdan.

Mă sărută din nou, cu pasiune și încet pofta revine. De data asta mă urc peste el și acolo în miezul zilei mă dăruiesc lui din nou.

Epuizați, după zeci de minute de extaz, mă cuibăresc în brațele lui și adormim goi, acoperiți parțial de un cearșaf subțire.

Capitolul 9

Alexandra

După aproape jumătate de oră, deschid încet ochii și el mă privește, zâmbind.
— Nu ai idee cât am visat la momentul ăsta, zice.
— Am crezut că ai adormit și tu.
— Puțin, însă am preferat să te privesc cât de liniștit dormeai.
Îmi mângâie o șuviță de păr, dând-o într-o parte. Îmi admiră chipul și mă sărută ușor pe frunte și apoi pe buze.
— Nu ai mâncat de prânz nici tu, nu-i așa?
— Nu am apucat.
Zâmbește.
— Ai venit la mine.
— Mi-a luat cam mult timp, recunosc cu rușine și el se încruntă.
— De ce zici asta?
— Pentru că m-am încăpățânat atât timp să îmi recunosc adevăratele sentimente, când puteam să fiu sinceră de la început cu mine însămi și ne scuteam pe amândoi de toată nebunia asta.
— Eu mă bucur că s-a întâmplat și acum. A fost mai incitant.
— Chiar aveai de gând să pleci?
— Da.
— Chiar dacă asta însemna să nu mă mai vezi deloc?

— Pentru o perioadă de timp, știam că am nevoie să stau departe de tine ca să nu te mai doresc ca un nebun, altfel riscam să te terorizez în fiecare zi, până când, probabil, ai fi plecat tu.

— Nu cred că aveam puterea să fac asta.

Se ridică în capul oaselor și încercă să se dea jos din pat. Și eu la fel.

— După ultima noastră discuție mi-a fost clar că nu am nicio șansă, iar după ce-am văzut și florile primite, am decis că e mai bine să mă retrag până nu fac mai mult rău amândurora. Ai spus că în el ai încredere și mi-ai amintit că eu am început totul cu o intenție indecentă și rea.

Mă ia de mână și mă trage spre baie, zâmbind machiavelic.

— Facem dușul împreună?

— Cu cea mai mare plăcere, răspund, amuzată de atitudinea lui ademenitoare.

Dă drumul la apă și câteva secunde mă cuprinde în brațe.

— Am greșit făcându-te să crezi că nu am încredere în tine. M-ai speriat când mi-am dat seama care a fost gândul tău inițial, însă în același timp gesturile și atingerile tale îmi contraziceau convingerea și în sinea mea știam că ești sincer. Cuvintele mele le șoptesc cu capul pierdut în clavicula lui pe care la final o gust cu buzele înroșite de barba lui nerasă. Barbă pe care o mângâi.

— Te-am zgâriat cu ea? mă întrebă îngrijorat.

— Cât să amplifici plăcerea și mai mult.

— Atunci sunt liniștit.

— Să nu fi, zic ridicându-mi privirea spre el. Pentru că te vreau din nou.

— Oh, iubito, nici eu nu pot să mă satur de tine...

Îmi acoperă gura cu a lui și mă bagă sub duș, unde spălându-ne unul pe celălalt, de fapt ne atingem în cel mai erotic mod, degetele lui intră în mine, iar eu îmi adâncesc degetele în brațele lui și apoi îl cuprind din nou în mână, lăsând apa caldă să îl mângâie și conducându-l din nou în mine. Apoi mă întoarce cu spatele, cuprinzându-mi sânii cu palmele, ciupindu-mi sfârcurile și lipindu-mă de pieptul lui. Apa caldă curge printre noi, amplificând mișcările șoldurilor lui, când intră din nou în mine. Îmi mușcă lobul urechii și, mărind ritmul din ce în ce mai tare și mai puternic, gemem de plăcere când momentul maxim de plăcere ne lovește în același timp.

După ce ieșim și ne ștergem, îmi dă un tricou larg și lung cât să îmi acopere jumătate de fund.

Mă privește admirativ și în ochii lui văd sclipirea periculoasă.

— Mi-e prea foame, că altfel nu te mai scoteam din camera asta, zice. Spune-mi că nu mai trebuie să te întorci azi la birou.

Amintirea jobului pe care l-am părăsit în plină zi mă face să îl privesc cu ochii mari.

— Am uitat de tot de asta, spun și încep să râd, neveninimi-mi să cred că am uitat de job. E prima dată când mi se întâmplă așa ceva. Mă apropii de el și, ridicându-mă pe vârfuri îi sărut buzele moi. Ce îmi faci tu mine?

El mă cuprinde cu brațele și mă sărută înapoi.

— Crede-mă, iubito, ai același efect asupra mea.

— Mă duc să îmi verific telefonul și sper să fie totul în regulă acolo, zic ieșind din cameră, iar el este în urma mea.

— După weekendul plin care abia a trecut, cred că merită și ei un pic de relaxare.

El se oprește în dreptul bucătăriei și îmi spune:

— Mă tem că nu prea am mâncare gătită, însă pot să-ți fac o omletă, dacă nu este prea târziu pentru ea. Mai am și niște friptură de pui, pe care o comandasem aseară.

— Sună perfect! zic în timp ce îmi caut prin geantă telefonul.

Am patru apeluri nepreluate, două de la un client și două de la Miruna, așa că o sun pe ea prima dată.

— Probleme, Miru? o întreb cu o voce calmă.

— Nu, nu. E foarte impacientat un client. Susține că nu a primit oferta noastră pentru Campania de Crăciun și îi e frică că intră în criză de timp.

— Nu mai revin azi la birou, așa că te rog să te duci la laptopul meu și să îi retransmiți oferta pe care am dat-o joia trecută. E ultimul mail către el. Apoi îl suni și îi spui că nu are de ce să-și facă griji și că îl caut eu mâine să discutăm detaliile.

— Ok, confirmă ea. Tu ești bine?

— Da, a intervenit ceva și nu am mai avut timp să revin la birou să îmi iau laptopul.

— Dacă mai e ceva, o să încerc să îi redirecționez pe toți pentru mâine, ca să te lase în pace. Oricum e liniște pe aici și promitem să fim cuminți.

Gluma ei îmi aduce un zâmbet.

— Mulțumesc, Miruna, ne vedem mâine.

Închidem și când mă întorc, în dreptul ușii, rezemat de toc este el, cu brațele încrucișate peste pieptul gol, îmbrăcat doar în pantaloni scurți de trening, asemănători cu cei care zac acum aruncați prin sufragerie. Își mușcă buza de jos provocator și rămân neclintită sub privirea lui pătrunzătoare.

— Am înțeles eu bine sau nu te mai întorci azi la birou?

— Așa cum ți-am spus, domnule Mireș, am pierdut foarte mult timp datorită încăpățânării mele. Mă tem că avem de recuperat, zic pe un ton serios și mă duc spre el, punându-mi palmele pe pieptul lui și continui cu mai multă sinceritate. Dacă aș putea, aș opri timpul în loc, aici și acum.

Îmi ating buzele de pieptul lui și degetele lui îmi răspund imediat, strângând carnea de pe spate.

— Trebuie să te hrănesc înainte de toate, pentru că la cum o să continue ziua asta, avem nevoie de puțină mâncare.

Sărutându-mi buzele, mă ia de mâini şi mă conduce în bucătărie, aşezându-mă pe un scaun înalt lângă masa pentru servire.

Îmi pune în faţă un pahar cu fresh de fructe şi o ceaşcă de cafea.

— Aperitivul, până fac repede omleta, explică.

— Vrei să pregătesc eu?

— Nu e nevoie, ştiu să o fac, zice şi se apleacă peste bar, sărutându-mă scurt. Îmi place să te ştiu aproape, indiferent ce fac.

— Şi mie îmi place să te urmăresc în timp ce tu lucrezi, mărturisesc, urmărindu-l în timp ce taie nişte legume.

Orice gest al lui mă excită, orice mişcare mi se pare masculină şi plină de erotism.

Îmi observă privirea şi zâmbeşte.

— Ştiu, iubito şi eu simt la fel.

Mă înţelege atât de bine şi îi zâmbesc, muşcându-mi buza de jos. Sunt excitată din nou şi nu-mi vine să cred că starea asta persistă şi după atâtea ore.

Într-un final, împarte omleta cu legume şi cu câteva tipuri de brânză pe câte o farfurie, punând una în faţa mea şi sieşi îşi păstrează una. Picioarele lui despărţite le încadrează pe ale mele şi imediat ce gust şi descopăr gustul bun, încep să mă bucur de mâncare şi realizez că îmi era cu adevărat foame. Pe o altă farfurie este nişte piept de pui pe care îl taie în bucăţele mici şi îmi întinde farfuria. Este foarte atent şi îmi place cum mă răsfaţă.

Totul pare atât de natural, ca și când am făcut asta de o mie de ori până acum. Zâmbesc și el observă, întrebându-mă din priviri.

— Eu, tu, noi, aici, mâncând... parcă face parte din rutina zilnică de mult timp.

— Pentru că am aruncat amândoi toate bagajele și în sfârșit ne purtăm sinceri și naturali unul cu celălalt. O dovadă în plus că ne potrivim perfect.

Îl privesc blând și ochii lui îmi răspund cu aceeași candoare.

— Sunt fericită, mărturisesc.

Cu gura plină, se apleacă și mă sărută pe buze.

— Eu sunt și mai fericit, spune după ce înghite și ultima porție din farfurie.

Îi era foarte foame, însă așteaptă să termin și eu.

— De ce crezi că ești mai fericit decât mine?

— Pentru că din clipa în care te-am sărutat mi-am dat seama că în viața mea nu mi-am dorit ceva mai mult decât să fiu lângă tine. Te-am visat chiar și în noaptea aia, înainte să vin la birou și cred că ăsta a fost adevăratul motiv pentru care am simțit nevoia să sar pe tine în lift.

— M-ai visat?

— Da, mărturisește zâmbind. Visasem că făceam sex cu cineva pe un birou, însă nu mi-am dat seama cine era persoana din vis, până când te-ai apropiat de mine să îmi aranjezi gulerul de la helancă și ți-ai dau o șuviță peste umăr. Atunci totul s-a limpezit în mintea mea și imaginea a devenit clară.

— Ai avut o premoniție, zic zâmbind, însă uimită de coincidența visului cu cele întâmplate.

— Oh, iubito, legat de tine am avut o mulțime de astfel de premoniții, care acum sunt sigur că se vor împlini, și îmi dă după ureche șuvița de păr despre care vorbește.

— Și totuși, cred că eu sunt mai fericită.

— Explică, zice concentrat pe mine, aruncând în gură o bucățică de carne de pui.

— Am divorțat și am continuat un proces lung și greu luni de zile și în fiecare seară ajungeam în casa goală, convinsă că trebuie să mă împac cu noua mea stare de femeie care nu va fi iubită de un bărbat așa cum îmi doream și că nu o să găsesc niciodată pe cineva cu care să fiu eu însămi, fără să fiu judecată. Când tu spuneai că noi doi suntem la fel, nu-mi venea să cred că atât de repede pot să îmi găsesc fericirea care mi-a lipsit atât de mult. Și azi, împinsă de disperarea că te voi pierde, am plecat de la birou fără haină, fără laptop, fără să mă gândesc la consecințe și mi-am recuperat speranța că voi fi din nou fericită.

El se aruncă asupra mea și mă strânge cu putere la piept.

— Of, Alexandra și eu mă simțeam la fel de pierdut și nu-mi venea să cred că ai fost atât de aproape în tot timpul ăsta și nu mi-am dat seama.

— Toate s-au întâmplat la momentul potrivit, iubitul meu. Nici mai devreme, nici mai târziu. Visul tău a venit la fix.

Gura lui o găsește din nou pe a mea și mă sărută cu toată dragostea, iar eu îi răspund la fel.

Noaptea se lasă și ne găsește goi și îmbrățișați. Ne mutăm din dormitor în sufragerie, epuizați și fericiți. Întinși pe canapea, ne uităm la televizor, relaxându-ne în tăcere. Este atât de confortabil și cald în brațele lui, încât nu-mi vine să plec.

— Rămâi cu mine în noaptea asta, îmi șoptește, ca și când mi-ar citi gândurile.

Aprob din cap și știu că nu aș fi putut să plec de lângă el atât de curând.

— Mâine mergi cu mine la birou?

Tace o secundă și simt că ezită.

— Crezi că or să se uite ciudat cei de acolo dacă mă întorc atât de curând?

— Contează?

— Nu prea.

— Sunt sigură că toți speră să te întorci. Probabil își imaginează că decizia ta are legătură cu conflictele noastre din ultimele zile, dar ținând cont că azi am făcut ca trenul pe-acolo și le-am dat de înțeles că o să discut cu tine, le putem spune că după o discuție lungă am rezolvat conflictul nostru și lucrurile pot să revină la normal.

— Dar lucrurile nu vor reveni la normal între noi.

— O să ne prefacem că ne certăm, când de fapt, ne închidem în birou şi ne iubim ca doi nebuni.

— Ţi-am spus că-mi place cum gândeşti? zâmbeşte şi mă sărută zgomotos. Cu o asemenea propunere nu am cum să te refuz.

— Doar că va trebui să trec şi eu pe acasă să mă schimb, asta dacă nu vrei să le fie clar tuturor că am petrecut noaptea împreună.

Gândul mă face să chicotesc.

— Mie nu-mi pasă, însă nu ştiu ce vor crede ei despre femeia pe care încă o cred căsătorită.

Din glasul lui îmi dau seama că gândul acesta îl deranjează.

— Bomba asta a explodat deja, spun şi el mă priveşte deodată surprins, aşa că îi explic mai departe. Vineri seară, în lift, când am auzit zvonul că tu ai fi părăsit de tot firma, nu mai mi-a păsat de nimic şi contextul discuţiei m-a făcut să le spun fetelor că sunt divorţată de ceva timp. Sunt sigură că până acum toată lumea a aflat.

El mă sărută din nou, cu mult drag.

— Nu pot să cred că ai făcut asta!

— Cred că din clipa aia când m-am simţit eliberată de toată minciuna din jurul meu, ştiam că vreau să te caut, să vin la tine, însă eram prea confuză să înţeleg ce mi se întâmplă. A fost un weekend lung.

— Doamne, Alex, îmi spune sărutându-mi fruntea, obrajii, buzele. Asta înseamnă că nu mai trebuie să mă prefac că nu te iubesc!

Râd amuzată de entuziasmul lui adolescentin.

— Cred că totuşi e bine ca la început să îi luăm încet, să nu-i traumatizăm pe copii.

— Dacă ar fi după mine, mâine aş intra direct cu tine de mână în sediu.

Îmi imaginez chipurile şocate ale celorlalţi şi râd.

— Sau aşa...

— Doar cu acordul tău, spune el. Mie însă nu-mi place să mă ascund.

— De ce nu? a fost foarte interesant şi incitant în ultimele săptămâni.

— Poate să fie incitant şi fără să ne prefacem că ne certăm, dar cred că ai dreptate. Le luăm încet.

Şi, spunând asta, mâna lu coboară peste sânii mei, frecându-mi sfârcul pe deasupra tricoului, apoi peste abdomen, atingându-l cu buricele degetelor şi mai jos, spre locul meu fierbinte.

— Încet, îmi şopteşte, suflând aerul cald în urechea mea şi închid ochii, lăsându-mi capul pe spate pentru a-mi oferi gâtul buzelor lui.

— Încet, repetă cuvântul care sună atât de erotic în urechile mele, când începe încet să mă pătrundă cu degetul, iar coapsa lui puternică îmi desparte picioarele, pentru a-şi face loc.

Mâna lui începe să se mişte imitând mişcările penisului care se freacă umed de coapsa mea aşteptând să intre în mine odată ce el îşi scoate degetul. Mă pătrunde în forţă şi geamătul de plăcere mi-l acoperă cu gura lui avidă şi, ridicându-mi mâinile deasupra capului, mi le încătuşează cu palma lui, devenind prizoniera mişcărilor ameţitoare şi pline de erotism.

Adorm în braţele lui, epuizată şi cu corpul sensibil la atingerile acestea care îmi produc constant atâta plăcere.

Am un somn dulce şi când mă trezesc dimineaţa la auzul alarmei de la telefon, nu-mi vine să cred că am dormit atât de bine în braţele lui.

Îmi zâmbeşte şi mă sărută pe frunte cu candoare.

— 'Neaţa, zice încet. Ai dormit bine?

— Ca un prunc, mărturisesc. Nu m-am trezit nici măcar o dată. E atât de bine lângă tine... Tu cum ai dormit?

— M-am trezit o singură dată, crezând că totul a fost un vis, însă când te-am văzut încă lângă mine, te-am sărutat şi te-am luat în braţe. Erai frântă de oboseală şi mă bucur că nu te-am trezit.

— Cred că am simţit ceva ca prin vis, însă era prea plăcut şi nu am vrut să deschid ochii.

— Mi-aş fi dorit să stăm şi azi aici... Nu mi s-a potolit deloc pofta nebună de a te gusta, şopteşte răguşit şi se împinge cu erecţia în abdomenul meu.

Simţindu-l dornic, nu pot decât să îi răspund cu aceeaşi plăcere şi îi cuprind părul de pe ceafă cu degetele, trăgându-l spre mine şi îl sărut cu poftă.

Ajungem la birou mai târziu, pentru că facem un ocol la mine acasă, unde Bogdan, analizându-mi dulapul, scoate o rochiță asemănătoare cu cea de ieri, însă de culoare neagră.

— Asta vreau să o porți azi.

Mă amuză inițiativa lui și totodată îmi place ca cineva să decidă în locul meu ținuta care în fiecare zi îmi ocupă minute bune pentru a o alege. Mă conformez și, în timp ce mă îmbrac, el mă urmărește cu privirea.

— Vreau să văd cum se închide, să știu cum ți-o dau jos diseară când ajungem acasă.

Privirea lui este dornică de mai mult, dar și a mea este la fel de încărcată de dorință.

— Dacă nu plecăm cât mai repede, nu cred că mai ajungem azi la birou.

El ridică mâinile în semn de apărare.

— Eu ți-am spus asta de dimineață, dar tu vrei neapărat să mergem la birou. Sunt curios cât o să rezistăm pe acolo.

— Trebuie să rezistăm, că avem multă treabă, îl cert și el zâmbește, continuând să mă privească.

— O să fie o zi lungă, zice mai mult pentru el, ușor amuzat de atracția constantă care este între noi.

Încalț o pereche de pantofi negri, cu toc înalt și înainte să iau un alt palton pe mine, îl aud oftând.

— O să fie o zi a dracului de lungă...

Decidem să luăm mașina lui, pentru că oricum avem de gând să plecăm împreună și astfel pornim spre birou, ușor emoționați.

În lift, amintirile ne lovesc pe amândoi și ne zâmbim cu subînțeles, însă mai sunt și alte persoane în spațiul acesta și ne abținem de la comentarii. Oftează și mă ia subtil de mână, strângându-mă încet.

Ieșind din lift ne lovim de privirea uimită și în același timp încântată a Ancuței.

Mă duc lângă ea și o pup pe obraz, lăsând-o șocată de încântare.

— Ea a fost complicele meu, dar rămâne secretul nostru, mă adresez lui Bogdan și apoi ei îi fac cu ochiul. Dacă nu era fata asta minunată, nu mai eram acum, aici.

El zâmbește vizibil fericit și știu că în clipa asta ar vrea să mă ia în brațe și să mă sărute, dar îi fac și lui cu ochiul și se abține.

— Asta înseamnă că ai revenit? îl întreabă Ancuța entuziasmată.

— Crezi că am putut să scap de ființa asta încăpățânată? glumește el arătând spre mine și eu mă prefac că sunt măgulită.

— Acum mișcă-ți fundul la treabă, îi zic, încercând să par serioasă.

El pornește înaintea mea, iar eu rămân să îmi fac selecție în corespondența de pe biroul Ancuței.

— Ce mă bucur că l-ai convins să se întoarcă, spune ea. Pare cu adevărat fericit că e aici.

Uitându-mă spre sala mare unde sunt celelalte birouri, îl aud pe Bogdan adresându-se colegilor lui:

— Credeați că ați scăpat de mine așa ușor? La treabă, leneșilor!

Este primit cu urale de bucurie și simt că viața mea este completă.

Aici am tot ce îmi trebuie: jobul ideal, colegi minunați, clienți pe măsură și, cel mai important, îl am alături pe bărbatul pe care îl iubesc cel mai mult.

Bonus
Bogdan

Intră în biroul meu și văzând-o cu rochița neagră, îmi amintesc imediat ce are pe sub ea: lenjeria dantelată neagră, care îi atinge pielea fină, dresul cu bandă adezivă care îi strânge coapsa... Corpul meu răspunde imediat și mă bucur că geamul e acoperit de rolete. Închide ușa în urma ei și vine cu niște hârtii spre mine.

— Am nevoie să semnezi și tu contractul ăsta, dar înainte de asta, să te uiți puțin la articolele 12 și 16 care vizează serviciile de marketing.

Rămân pe scaun și îi fac semn să vină cu el lângă mine. Se apleacă să se uite împreună cu mine peste hârtiile printate și coapsa ei este atât de aproape de mine, încât nu rezist tentației să nu o ating ușor. Mijește ochii spre mine imediat.

— Citeşte-mi contractul, îi spun pe un ton uşor poruncitor în timp ce mâna mea urcă de-a lungul piciorului, pe sub rochiţa încreţită, dincolo de banda adezivă, până ating lenjeria fină.

Prin buzele ei întredeschise trage aer în piept şi în colţul gurii îi apare un zâmbet provocator.

— Citeşte-mi articolele alea, că eu nu văd prea bine.

Pun mâna stângă pe un colţ al contractului, nelăsând-o să îl ridice şi astfel forţând-o să rămână aplecată, aşa că cealaltă mână are acces mai uşor la zona pe care doresc să o simt din nou. Ea citeşte cu greu, încurcându-se în timp ce o frec uşor pe deasupra lenjeriei. Doresc să simt cât e de umedă şi sunt extrem de mulţumit când descopăr că gândurile mi-au fost ascultate, în timp ce degetele mele intră în chiloţii ei şi îi ating pielea fină a vulvei, deja pregătită pentru mine. Imediat îmi introduc un deget în ea şi geme, oprindu-se din citit.

Are ochii închişi şi respiraţia tot mai apăsată, însă îmi place jocul.

— Tu ai vrut să venim la birou, iubito, şoptesc cu vocea plină de dorinţă. Continuă să citeşti.

Zâmbeşte şi îi place tonul meu poruncitor, aşa că se conformează şi încearcă să continue fraza întreruptă.

Încet, degetul meu intră şi iese din ea şi o simt atât de umedă încât cred că o iau razna dacă nu intru cu totul în ea. Dar este cel mai nepotrivit loc în acest moment al zilei, oricine poate să intre peste noi. Așa că mă mulțumesc că degetele mele vor face treaba la fel de bună și astfel al doilea deget intră în ea, penetrând-o cu dorință și mărind ritmul din ce în ce mai tare.

În timpul ăsta mă gândesc care este cel mai apropiat loc unde aș putea-o duce să o gust și să mă pierd în ea, cu aceeași poftă cu care îmi împing degetele în ea. Se oprește din citit și știu că toată atenția ei este acum pe mișcările mele, așa că sunt concentrat pe respirația ei și pe mișcările mâinii mele care, spre satisfacția mea o duce la orgasm imediat.

O simt cum rămâne fără vlagă în picioare, copleșită de intensitatea extazului și sar în picioare luând-o în brațe și strângând-o la piept, oferindu-i sprijinul de care are nevoie. Își odihnește capul lângă gâtul meu și îi simt respirația caldă cum încet, încet se potolește.

Nu-mi pasă dacă cineva intră și ne vede. Este femeia mea și trebuie să am grijă de ea. O sărut pe păr și ea mă mângâie pe braț.

— O să mă omori dacă nu te oprești, șoptește zâmbind.

— În cazul ăsta ai face bine să te obișnuiești, pentru că nu pot să îți rezist.

O mai țin în brațe câteva clipe și îmi place senzația pe care corpul ei cald mi-o provoacă, o stare de calm, liniște și fericire.

— Ți-am zis azi că te iubesc? o întreb și nu-mi pasă dacă sunt siropos sau nu.

Nu mă satur de ea și vreau să știe lucrul ăsta mereu.

Își ridică fața și mă sărută cu buzele dulci de la strugurelul cu aromă de cireșe.

— Nu, dar mi-ai arătat încă de la prima oră a dimineții.

Zâmbesc și îi întorc sărutul, iar ea îmi șoptește:

— Te iubesc!

Cuvintele ei îmi sunt de ajuns ca să mă simt complet fericit.

Se îndepărtează ușor, simțind că își recapătă puterea, însă nu-și dezlipește palmele de pieptul meu și mă privește cu ochii ei mari și blânzi.

— Abia aștept să plecăm de aici.

— Și eu, mărturisesc.

— Se pare că trebuie să mă revanșez pentru ce tocmai ai făcut, continuă cu subînțeles.

Efectul îl resimt imediat în pantaloni și închid ochii o secundă, zâmbind la imaginea ei din ziua precedentă, când era în genunchi în fața mea și mă sugea cu poftă.

— Doamne, Alex, cum crezi că o să mai pot lucra acum? îi spun răgușit.

— Tocmai m-ai făcut să am un orgasm lângă biroul tău, cu două degete. Cum crezi că o să mai lucrez eu acum?

— Dacă ăsta e modul tău de a mă pedepsi, atunci o să îmi ispășesc sentința cu cel mai mare drag.

— Ne înțelegem perfect.

Îmi face cu ochiul ștrengărește și mă aplec să o sărut din nou. Apoi se reazemă cu fundul de birou și își împreunează brațele peste piept.

— Acum ai de gând să te uiți pe contractul ăla?

Ea e femeia mea. Ea e cea pe care o iubesc și fiecare zi știu că o să fie la fel de interesantă ca aceasta. O să îmbinăm plăcutul cu utilul, job-ul cu pofta carnală care există între noi pentru ca totul să fie perfect. Pentru că noi doi, orice am face, suntem perfecți unul pentru celălalt. Și abia aștept să ajung acasă și să ne convingem de asta, din nou și din nou.

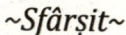

~Sfârșit~

Intenții indecente / *Hanna Lee*
Timișoara: Stylished 2019
ISBN: 978-606-9017-24-1

Editura STYLISHED
Timișoara, Județul Timiș
Calea Martirilor 1989, nr. 51/27
Tel.: (+40)727.07.49.48
www.stylishedbooks.ro

Tipar: Artprint București